# 鱟的啟示錄

夏婉雲

上：左為母，右為公，尚未相扣成婚的鱟（金門水產試驗所提供）
下：兩隻相扣的鱟（夫妻魚，金門水產試驗所提供）

上圖：蔡復一故居（蔡流冰提供）
左下：蔡復一，官至五省經略，此為著官服像。（蔡流冰提供）
右下：太武山公墓（夏婉雲提供）

上：古寧頭牌坊（李俊龍提供）
下：歐厝海灘戰車（李增澎提供）

上圖：李光前將軍廟（李增松提供）
左下：每年農曆九月初八，李光前將軍出巡（莊寬裕提供）
右下：李光前團長殉國石（李增松提供）

左上：北山鎮東宮（李俊龍提供）
右上：北山忠烈祠（李增松提供）
下圖：北山忠烈祠（李俊龍提供）

上：坐在剖蚵台前剖石蚵（李俊龍提供）
下：火孅於北山忠烈祠問神、辦事（李增澎提供）

上：北山古洋樓牆上的彈孔（李俊龍提供）
下：斷垣北山古洋樓（李俊龍提供）

上圖：羅寶田神父紀念園區紙教堂和高聳的十字架（翁翁提供）
下左、下中：停在枝幹上的大冠鷲（黃義欽提供）
下右：梳著龐克頭的金門縣鳥——戴勝（許小西提供）

上左：玫瑰石原石（劉春興提供）
上右：金門石（董恬瑩提供）
下圖：慈湖風景（李增松提供）

# 推薦序／坐看雲起時

臺師大國文系退休教授　楊昌年

婉雲的創作，其詩、文均佳。最難得的是她的勤力持續是為諸生之冠，這一特點使我驚佩。天道酬勤，她的創作日漸豐美可觀。如今散文新作《黌的啟示錄》出版，正是她的勤力、情懷與金門的結合，樂為推介。

## 一、勤持第一

民國六十二年我由台中靜宜學院返回師大，婉雲是我第二年教到的學生；其後與耕莘青年寫作會結緣，她是我最得力的臂助；與我相似的她亦是教學、研究、創作三途並進的全方位。其人性格熱誠積極，早年致力於兒童文學，其後開展至中、西文學比較，歷年獲獎無數，研究與創作的出版已有十多種。迨至耕莘開授各種文學研究班、創作研習班，她從策劃、聯絡到參與皆無缺席，無役不從。最難得的是有一陣子她的健康不佳，仍然抱病參與。直到她去淡江讀博士班，我又是她的論文指導教授，論文《台灣詩人的囚與逃——以商禽、蘇紹連、唐捐為例》完成之後由爾雅出版，我曾撰〈九仞之成〉為評序，表揚她最重的價值二項，一是她融合中西理論的紮實新穎；二是她勤力終成的驚人（她是一位異數，是我所指導近百位研究生中少見的自制、勤力的魁首）。這一路行來荏苒四十餘年。她是耕莘眾多青青子衿中與我淵源最深、最親近的一位。

使我激賞處是她的勤持之力，一如我園中的花木永遠向上、向陽，每一次的目標奔馳無不竭盡全力，甚至於帶病力疾從公。

眾多騏驥中勤力堅持的冠軍非她莫屬，使我敬佩，真想叫她站在師大校訓「誠、正、勤、樸」榜下第三格，昭告學弟學妹們，標的、榜樣在此，照著做吧！

## 二、經歷之憶

二十五篇散文都是她事先經歷的追憶，指向不一。

最使我激賞的是看起來非屬刻意而為，而似是信手撿來的「狀物」二篇。全書的冠軍首選篇目非〈鱟的啟示錄〉一文莫屬，屬於「名物」題材的敘介，那是「捉孤鱟衰到老，捉鱟公衰三冬」令人欽敬的「夫妻魚」。天地不全，人生自無十全，我們得向異類學習之處儘多。時當一男一女的婚姻制度行將停廢之際（甚至可以預言二十一世紀婚姻制度行將成為歷史陳跡），此篇的價值旨在促進反省；否定傳統制度最大誘因在爭取無限自由，但人類的行為一般都是利弊互見。這種改變必然造成人口的銳減，甚至滅絕，那可就是「自作孽，不可活」了。改變不見得就是好，然則今後我們究應何去何從？唉！已知不好要有所決斷，但又知不能沒有決斷。就時下的現況，看來令人擔心。那風尚的影響看來已一定是弊多於利的了。

〈尋找大冠鷲〉一篇中，因大冠鷲啟示了認知視野，引起作者的生命動力。「夢想自己能貼在鷹鷲翅膀下，隨著牠在天際遨翔，看牠以怎樣的銳眼，逡巡這片山野？每片土地都充滿了活力和滄桑。」是啊！人生動力有強有弱，若不能激發，豈非虛耗一生？而動力之凝，由於鷹鷲飛揚萬里的經歷滄桑，我們又何能不去踪跡其中？

記人篇章有〈從傳令兵到詩人——辛鬱〉記已逝詩人，其人詩作常以長句形成氣勢，我曾列入教材，如〈原野麼〉：「你就是我學習所及的那空氣中佈施著野性的芬芳的原野麼？你就是日日作我的衣夜夜作我的被衾的那披沐著許多生靈撫孕著許多生靈的原野麼？」惜乎作者對辛鬱的藝術介紹不多，倒是傳達了詩人對現實處境的失望、憤怒。

篇章中屬於自述的不多，已知婉雲帶病為之一掬同情。知她求醫歷程，那段日子竟是「站著吃飯，跪著看書，躺著刷牙」生不如死的病痛醫之不去，終至於熬到雲破月來，獲致到「生命每個階段皆在思索能否再『進一步』，經過一波三折，經過高坡險阻，益發見到美麗事物。生命真正的結果不重要，重要的是曾經走過，看遍各式或各樣的風景。」這就是可喜、可貴的人生「自得」了！好樣的，婉雲！為妳喝采！

三十八年以後，成年人來台的是外省第一代，在台出生的是外省第二代。我是在十七歲來台，不屬於第二類，似應是「一．五代」。婉雲是第二代，自然身濡到上一代的辛酸流離：留在大陸的遭逢到文革（五十五年—六十五年，延至六十七年）十二年的清算鬥爭人禍慘毒；來台的雖由遷徒逐漸安定，但經過「四小龍之首」的褪色，政黨惡鬥，民生凋零，抑鬱無奈，也還不過是一個苦悶了得。

〈氣味〉自敘性高，由味覺延伸到親情，老兵來台，村民滄桑，迄至辭世。末段傳神之筆：「真要收集，應收集什麼呢？父親的枕頭味？衣服味、皮膚味、髮味？還是那些絲絲扣住每隻味蕾的食物味？」「收集」的溫習、補償常在人去之後，雖然是人之常情，但畢竟總是長逝不返，又何能解？

〈夢夢相疊〉形式新力，以信函表族群的悲苦，血緣互動的祖、母、女三代連心，慘絕至極、夢境鮮活，引領悲憫。

〈記憶的總合：刀疤們的故事〉敘老兵和台妹的結合，我以為大可不必測度此篇是為自敘；它的屬類仍是大時代動亂流離悲苦的反芻，是借喻。這一篇的結尾很好，感性淋漓：「海邊榮民一一回『老家』了，如果我收集刀疤們的故事，是不是我心中就有一個小小牌位，供奉他們，收納他們對海的記憶。爸爸！海一定是鹹、苦、酸、澀，集記憶的總合；您，在我心中，也是。」時日不遠，讀者們當還能體會到那種悲苦的往昔吧！

〈媽在金門、姊在衡陽〉敘寫貧富懸殊，也是結尾感人：「藕斷絲連的血緣、千辛萬苦尋到的血緣，上蒼為何又在刀口上舔血？五十歲充滿了悲歡離合，我眼中滿是飄泊的蓬草，在秋風中搖晃。」是啊！那年代的我們，如蓬草，長在動亂的時局裡流離。

## 三、坐看雲起時

婉雲從事寫作，自兒童文學、論評、新詩、報導文學，進至於散文，自是「坐看雲起時」，常行、應行的新向，新篇出版，貴在她篇章終尾非常精彩，已是大將風範，可喜！

散文的要素不外情、理、事。我以為情與理儘可晦隱（超過即是濫情、說教），但「事件」必應充實著力。此外，文章表現無非是文字的排列組合，散文對修辭的要求猶在小說之上，應講求。希望婉雲能秉持她一貫的動力，更上層樓。是為序！

二〇二三年七月二十五日

筆於台北

# 名家推薦（依年齡序）

## 在故事和信仰中編織文學

陳長慶
金門睿友文學館館長
第二屆金門文化獎得主

夏婉雲老師每次來金門，總會到山外的長春書店看望我，也會到睿友文學館參觀文學展。她說是來「朝文學的聖」，其實這是謙遜。她已得過三次浯島文學獎，其不凡的文學功力、字挾風霜的不朽之筆，早已獲得文學界的肯定。

婉雲老師也看出金門有許多大時代的故事，站在命運和信仰的路口，她寫出時運交織的情節；訴說金門人遭遇戰爭的悲痛，承受以軍領政、戰地政務時期的無奈，使我這個金門人讀來不勝唏噓。但卻也讓我們看到，她不僅以異鄉人之姿幫我們作紀錄，也為這座歷經砲火蹂躪的島嶼作見證。

在《釁的啟示錄》這本散文集裡，婉雲老師以婚姻緊張關係來對比夫妻魚，以盲生來寫眇進士蔡復一，以九妹來寫待在金門四十一年的羅寶田神父，篇篇都在尋找關係來呈現對比，讓我們的心彷若春雷乍響般地感到震憾。倘若婉雲老師沒有深厚的筆力與文學素養，或沒有歷經歲月的淬礪，焉能橫跨台金兩個不同的地域，寫出精彩動人的篇章？

毋庸置疑地，金門夙有海上仙洲之美譽，它所涵蓋的文化層面廣泛，欲詮釋的旨趣多元，婉雲老師都能扣緊金門的特色而為金門發聲。忝為金門人，我們不得不謝謝夏婉雲老師，為這座島嶼留下美好文字。

# 文字遼闊．妳已寫下回聲

許水富
第六屆金門文化獎得主

在歷史的臥底挖出生機。一枝筆、一種態度，穿梭、考證、對照。重新賦予老生命的經驗和覺醒。夏婉雲的文稿行轉運作，以故事、以日常、以史詩，細膩且精準的剖析我們不是很熟悉的「鱟學」。在各不同視角的細細碎碎理出「鱟」的學術位置，並且揭露另一種親合的接近常識。

夏婉雲文字來自血統的傳承，藏有敏銳的學術語彙調劑，讓讀者更容易去閱讀島嶼上每隻鱟的身世和啟示。除此之外，她把觸角延伸到整座島上的民情俗貌、人世風景。地景寫實，以及烽火隧道下的高貴靈魂建構。我們彷彿已讀出她對這塊土地投擲的愛與情緒。農稼村婦、戰事暮色、落蕃求生，道出一幕幕人間梭巡的題材組序。精準的文字鋪陳敘說，夏婉雲不知不覺已介入金門的內核。

這彷彿是腳本鏡頭，劇情運鏡的告白，如此自然而機智，寫下島嶼姿態的人、地、物等表情，夏婉雲絕對是另一個金門通的金門人。她執著、認真探究的精神，用她的文學素養，典藏閃閃發亮的文字內化美學，寫下片段優雅的時間對照。

夏婉雲這本《黌的啟示錄》，概括多元發生的島土情節、篇幅各異。但各有餘韻和鑼鼓喧天的靜、靜靜的蕭索，靜靜的留下群體中的孤獨與共鳴。

## 稀有物種及物語．值得書寫與推薦

張國治
臺藝大視傳系前系主任
臺灣攝影博物館文化學會理事長
臺藝大暨臺師大美術系兼任教授

一般熱衷或信仰鄉土寫作者，多少會認為在地題材，由本土作家寫作來得容易表現或寫得深入些；事實不然，由外地熱情關注者所產生的它者角度，也或許正是許多在地工作者所缺乏的視野。在地題材書寫不會是一項專利，一個文史多元、豐沛的土地，應熱烈歡迎更多外地者共同書寫，始能成其大。此外文學藝術本就存在一種距離美，無論書寫或閱讀者，隔著距離角度參與文學藝術創作更具另種觀點，年輕時的瘂弦寫了著名〈羅馬〉、〈巴黎〉，寫作當時，他本身並沒有去過該地，然詩意的想像與提問反而更具迷人。

我不是說夏婉雲的《黌的啟示錄》一書或金門題材的書寫，存在此種距離感書寫的問題，恰恰相反的夏老師是我認識中非常認真在做書寫題材之紀錄、考證、反思問題並建立觀點的文字工作者，在許多次金門文學藝術參訪活動邀請中，總見她和白靈亦步亦趨隨同導覽員口述中仔細聆聽、時有發問，並一旁專注筆記或不時拍照及錄音、錄影，這種熱情身影讓我印象深刻、自嘆弗如。

我想夏老師的腦中早已架構了豐富文史哲思考及相對應知識脈絡，勤於筆耕的她近些年囊括獲得諸多文學獎項，但我思忖這應非是她此種年齡仍著迷寫作的原因，而是由於她的好奇、熱情、勤於學習的態度，以及內心始終對世界有美好的嚮往和溫暖特質使然。以至於像「黌」這種出現在福建沿海難得一見的「夫妻魚」，具有活化石封號的海生節肢動物種，充滿了隱喻比喻及象徵，才深深吸引她並策動其書寫動力，沿著數萬年古老歲月的召喚，使她如被書寫的物種對象一樣，緩緩爬行於文字的濕地或島嶼濱海邊緣，時而回望島嶼歲月的故事裡，完成其動人《鱟的啟示錄》。在金門「鱟」的意象隱喻中，我相信她們賢伉儷即是最好的代表。

二〇二三年七月二十六日

# 霧島的天空，看見一朵雲

楊樹清
報導文學家
燕南書院院長

民國五〇年代末，兩岸冷戰砲擊聲中，我從前方來，我們初識於台北紅塵煙囂的耕莘文教院大樓內的青年寫作會小屋；文學的心再交集，已是人類進入千禧之年，硝煙遠，煙火近，詩人品酒論文章，兩門相望，「等待落霞有鷗盟之灘」的金門詩酒文化節。

科第稱盛，又佈滿地雷與鐵刺，人文與戰火纏結的島，來了位意外的訪客，停駐之後，生命地圖多出一處文學巢穴，飛翔中也有了移動的鄉愁：遇見一生一世永不分離，對比夫妻關係如霧的億萬年活化石「夫妻魚」，生出〈鱟的啟示錄〉；發現獨眼、跛腳、駝背的進士蔡復一，與一現代盲生穿越時空交會，六等星透出微光，呼出〈黑暗星球〉；看到從法國來，經由湖南到閩南，一雙義不容辭的腳，行醫半世紀，日久他鄉變故鄉的洋菩薩羅神父，寫出〈一條細繩，如何拴住一座島〉。

故事未了。接續又仰望星空，細數燦開的記憶總合，〈尋找大冠鷲〉，〈揹著忠烈祠的火𤏲〉，〈夢夢相疊〉，〈媽在金門、姊在衡陽〉，〈霧樣童年〉，〈從傳令兵到詩人——辛鬱〉，〈忠烈長出的翅膀〉……古往今來，潮起潮落，篇篇綴連，串文字為玉帶，《鱟的啟示錄》再交響、譜出「金門文學」之外，讀之令人產生興感的「文學金門」。

文史作為一種材料或草稿，文獻本身缺乏生命張力。歷史之眼、文學之心的交融，文史化作文學的養分，田野踏查出的情感，而能奏出動人的文字樂章。

浯島霧島。總在等待北風。霧漸漸散後的天空，看見撥霧者帶來一朵雲，為我們的島，輸入文學靈魂，留下一筆輝彩。

祥雲彩霧。有情如斯。謝謝妳，夏婉雲。

## 文字溫潤如珠・為金門增色筆

吳鈞堯
作家

婉雲姊的文章有個魅力，可以從容間讓讀者快速進入氛圍，這歸因文學現場的營造，有她獨到的溫情跟離情，於是情感可以牽絲，佈上八卦陣。情愫的浸染、延伸，來自她對人、對事的好奇，保有赤子之心以及學者問道的篤行毅力，引領讀者親臨故事劇場。恭喜婉雲姊散文集溫潤如珠，也為金門書寫增加遼闊隊伍。

# 目次

## 輯二　七十年前的軍魂

## 輯三　記憶的總合



## 輯四　行到水窮處

# 輯一 那一夜的潮汐

大冠鷲（黃義欽提供）

# 黴的啟示錄

黴是島上最古老的記憶，甘為邊緣，繁殖著孤寂的等候。

## 一、煙火如砲火

婚姻起了霧，霧濃時完全看不清前面的路，霧薄時好像有路，走了幾步碰到交叉路口即躑躅猶疑，不知哪一條的前方才是正確的選擇。雙十節時，我的婚姻又起了濃霧，陷入昏天黑地，我去淡水河看煙火散心。

河邊施放煙火燦爛，人兒排成線，前心貼後背，我頭暈目眩地被擠到河邊，恍恍惚惚地擠到河裡面，前方火光四射、轟隆隆聲如炸彈，我吁了口氣，心想：「這兒總算不擠了，又可看煙火。」我左右手快速往前划，身上長了硬殼，左右有影子，有些人也戴著鋼盔在爬。

前方火網交織而亮麗，這射擊網星火四射，我再往前划，啊！糟糕，不是煙火是砲火，流彈如雨槍如林，身邊伙伴炸得騰空而降，流出藍色血肉，伙伴拚命逃，一顆手榴彈就在我前方爆開，嚇得我冒出冷汗，醒來才知這是怪異的夢。

奇在明明看煙火，怎麼變成金門的砲火？明明在看交織的火網，怎麼轉身一變，我像是家鄉的鱟？

難道是因為在好友那兒看到鱟殼嗎？這夢隱喻什麼？

自己變成鱟或許是一個隱喻，隱喻從天而降的砲火打在泥灘，打向與世無爭的無辜鱟？在別人的交纏互鬥中犧牲而血肉四濺，我不也是鱟？在台北這大熔爐，各縣市皆來頭角崢嶸，如在沸湯裡追逐互咬，展露毀滅手段、對抗意志，真所謂爍身成物啊！而我，是金門來的一顆逗點，從來都鬥不過台北人，成不了台北人。

這又像暗喻金門老宅轟炸後的殘破天空，一思及突然經歷了恐懼的童年。看來，台北即使待再久，砲火仍會持續亮在金門人心中。連觀看煙火也想到砲彈。砲火和煙火一線之隔，火網靠近看是砲火，遠觀是煙火，遠看美麗、近看驚險，美麗和惶恐一線之隔。

這隱喻真是我在老蔡店裡看到鱟殼嗎？那一次，我看著老蔡從櫃櫥上取出一件輕巧擺飾。恍神地問：「這尖尖的是……」

「是我們小時候常去海灘撿的魚呀！」

「鱟！鱟！」我叫起來。

老蔡把這鱟蛻送給我，喜孜孜地帶回家，躺在床上細細把玩：這脫的殼近乎半透明，長得簡單俐落，頭、胸、腹全連，細微得連鬚毛小肢皆精細，後面拖著一長長的尖尾。拿尺量量，這小傢伙連尖尾僅有十餘公分長，尖尾就占了近一半長，身寬約身長一半，沒幾克重。

牠薄如蟬殼，比蟬的黃殼乾淨白皙高雅，潔美有如書展全開的斗大逗點，長尾巴指著前面的大頭，俐落飄逸又勝金蟬百倍，像一個馬蹄、一個頭盔，在戰地都叫牠鋼盔魚。我細想，驅邪避煞的風獅爺，不就是師法牠嗎？現在才想到「虎頭風獅爺」這詞兒，虎頭像牠「頭角猙獰」，牠是虎頭和風獅爺的元神嘛！這鱟是我兇猛的刺激點啊！

一顆兇悍的激點想刺我什麼？金門的記憶在腦隙中穿梭，來了又回，滿腦子都是童年。金門人跑進台北這燦爛中心，心中一直存著競爭之驚恐吧？我換了無數工作，中年才和太太開「金門牛肉麵店」，開始還好，一陣子後夫妻在忙亂中只有爭吵。真的是，青春的愛情像水仙花，映湖照形影，輕輕唱出樸實的戀人絮話，中年的愛情若夏天蓮花，莖纏根繞，泥地愕視，沉沉喘氣。以前太太喜歡我的帥氣到哪兒去了？現在，金門都拋在腦後，我哪有風獅爺的威風、虎頭的神氣？

我年輕時似鱟，神氣、霸氣會唬人，但現在太座讓我很沮喪，常說：「金門人沒文化，地荒人窮，當初昏了頭嫁給你。」

有時瘡疤揭得太利索了，只好找老蔡，他開金門特產店算是環境好的，賣高坑牛肉乾、麵線、一條根、菜刀、藥酒，常收購過年配酒，聽我不斷訴苦，他不評理、只順手抓出擺飾把玩著，這時才轉移話題說：「這鱟擺飾，是我回老家，水產試驗所的人送我的；它跟蟹沒有關係，節肢構造倒是和蠍子、蜘蛛有親戚。」

又輕鬆快樂地說：「我回去補貨完，就去做鱟的志工；母的、公的勾在一起，沙灘無海水沒法翻身，會被太陽曬成肉乾，需要幫忙。」

「回去幫鱟翻身？」我被他轉移的話題吸引了，嗤笑起來，回憶小時候鋼盔魚是抓來吃的，這下可好，怎麼幫起牠們了？那時的確一定抓雙，似乎還不好扒開。

我問：「是配對才在一起，平時是分開吧？」

「不，鱟十二歲結成夫妻，便永遠不脫勾、永遠形影不離。」

「騙誰？無論行走坐臥？那很不方便哪！我要東她要西。」

「人才不方便！我看到在水試所的成齡鱟也勾在一起，海裡也是，所以才叫『夫妻魚』嘛！因為『捉孤鱟，衰到老；捉鱟公衰三冬』，鱟夫妻恩愛，捉一隻鱟，使另一隻孤單，你會倒楣一輩子。」意有所指地說：「夫妻反目，不宜拆散婚姻，為小娃也得勸和。」又回憶著：「記得做小屁孩時，每年八、九月傍晚，大潮一來，看牠們集體上潮間帶，在『高潮線』的泥灘產卵，一次就數千顆。」

「記得。我們都抓鱟，抓回家取牠們的卵炒雞蛋吃。」我變大聲公了，又說：「鱟媽在五公分深的泥地產卵，破殼就帶頭盔地爬，綠豆般滿坑滿谷，好似一百條鏈子在爬。」

鱟志工指著我，笑著說：「當年數你最瘋了，常一串串地捏死牠們，長大一點的，你還一排排踩死。」又說：「阿堯比你心腸好，會幫四齡、五齡的鱟，送出潮間帶到海裡，免得被候鳥吃掉。」

「有些小孩為救鱟，在沙灘上，還『忽悠忽悠』追趕上百隻倉燕鷗。」

我和他瞇眼翹腿抽菸，在煙霧迷漫中，似乎看到我們在飛翼中群群奔跑。

好友現在有空就回去幫鱟做志工。而我的日子卻是爭吵和穢氣，原本情愛初遇時，是不是心起霧後的產物？薄薄的，有些清晰又有些模糊，如果不必前行，看什麼都很好奇、好看。但婚姻卻使此朦朧進入了清晰，不美的都露了原形，開始相互指摘。等吵得激烈了，原本清晰之事又進入扭曲看不清，這回像起了無法飄移的霧濃，兩人拉近的關係被推得比任何時候都更遠，更且遮住視野，陷入黑漆烏暗令人昏厥之境。中年婚姻處在不是黑就是白的兩極，像無法吹散的霧，以自己的白遮擋對方，讓太太只餘濃濃無光的黑。

有了擺飾鱟，關店時，我常常拿紙依樣畫葫蘆，幫鱟上彩裝，如奪目的風獅爺；也畫兩隻扣在一起的夫妻魚，邊畫邊想，連體嬰也想分割，暹邏連體兄弟也不想連體，夫妻更會拔劍呀！太座也不相信牠們不分家，倒是兒子也學我畫鱟。

## 二、層層蛻殼如龍變

從那時起，覺得日子該整頓了，假日飛金門。飛機上感嘆少小出門老大回。我考不及格，父親常狠罵：「沒用的東西，給我滾！」我流淚倒在祖母懷裡，她說：「做給爸爸看！」成長的委屈、不堪，這句話如鞭又激勵我；時間如磨，蹭呀蹭，吹一口氣把青春拉得細又長，做給他們看吧！

下了機場，一陣霧氣襲來，小時最討厭霧，長達一整個冬季的霧鎖島，放寒假、過年收假，飛機、船不開台灣，假日變一半，要和駐軍爭機票、船票。每個金馬居民，始終不安，心中有不易拔除的雷區、軌條砦和反空降樁，這陰影如濃霧，我們走至海外天邊，仍然時淡時濃地壓人，壓著歲月、壓著夢境。

黌眼睛那麼小，會不會在乎霧而猶疑不上岸或下海，說不定牠是靠氣味和地磁而移動。但每個金馬居民沒那麼幸運，處在大陸與台灣不清不楚、尷尬的地理位置，對兩邊皆如霧裡看花，不知他們下一步要如何「處置」我們？這種焦慮，太座永遠不懂，我常被她無心、刺耳的話傷得遍體不適，像在霧中無辜爬行的黌，極易被一陣亂腳踩痛了。

特別到瓊林聚落看看。路上見一人拄拐杖，停車詢問始知是同學的叔叔，他十八歲在郊外採野菜，踩到未爆地雷炸斷了腳，晃晃跳跳地過了一生，他說：「我走到出事地，一定瞇眼細看，每次都好像看到我的影子在慢慢倒下。」他還說，也有人為了加營養，到海灘採貝，地雷爆開炸斷了手腳。

進入有名的瓊林里民防坑道，我摸著長長窄窄的坑道，想當年我也拿十字鍬一鍬鍬挖，掘出規定的每個男子一千二百公尺，奮力挖完，工兵才來敷水泥。在我家金沙以宗祠為出口，警報一響，就直接從家裡下坑道躲藏，我家坑道較簡單，瓊林聚落有地下指揮所，緊急出口就有十二處。台灣學生皆在補習、做功課，金門學生卻在暗暝暝中單打躲四十分鐘。

過了莒光樓就是水產試驗所，一對泥塑夫妻鱟迎向我，聽到有人說鱟是最古老的「活化石」，我不信。

有專人正在解說，在看完影片後，我整個人黏在座位上動彈不了，他們一直催我。原來鱟溯自古生代泥盆紀的演化脈絡中，已測出在四億五千萬年前就有鱟化石，此時地球是魚類時代。綠蠵龜是二億年前才有，我去過澎湖望安「綠蠵龜保育中心」，我也去過觀霧的「山椒魚生態中心」，觀霧的山椒魚也只是一億八千萬年前的孑遺。恐龍更是小老弟，要等到一億多年，到中生代侏羅紀時才稱霸現在卻滅絕了，而我們哺乳類、鳥類都得等到新生代二百萬年前才演化出，和牠四億多年怎能比？

這麼早的生物，我中年不知、童年掐死它。

奇的是，綠蠵龜、山椒魚雖都是古生物活化石，但樣子都變了，長得和古生代一模一樣的只有鱟，四億年來自始不變，設計精密，也極其堅貞。

這麼有情有意的生物，解說員卻說：「五、六十年前，台灣本島西部的沙灘還有許多鱟；澎湖三十年前很多，現今也稀有，如今只在金門才有鱟，還靠復育相助。金門有名的『水獺』面臨絕種危機，但水獺不是古生物。」

有人問養殖人員：「為什麼鱟在金門能活這麼久？澎湖、台灣的海邊就沒。」

他回答：「金門鱟走在邊緣處，有鬼條砦一根根孤傲地佇立著，軍隊退走了，海岸線到處是地雷沒人敢去。鱟很輕，牠踩在上頭不受影響，人就得遠離。」

我鎖眉沉思：這真是一段億萬年的因緣。鱟永遠守在金門近海底層，對金門海岸不離不棄，就這樣等候我覺醒。這真是上天安排嗎？要我在心情最低落時與牠相遇。

我是鱟嗎？我對太座開闊或器小？是否自陷泥淖？鱟住在沿海區域的底沙裡，每每看著陸地，想上岸，卻永遠眷戀著海洋，牠才看盡滄海桑田？鱟，全球僅存四種，不管是什麼名字，我都該了解牠的過去與現在。

我的生命源自金門，卻很少歸來，當年金門是貧窮、恐懼，台灣沒有空襲和砲彈，我甚至追求安逸不想回來。但我源自金門海洋，不論是否離開水，我的血液裡永遠留著金門的血；閉上眼睛用心想，一種鹹而腥的海風味，會從記憶中汩汩滾動；成長三、四十年後，我終於滄桑回來，牠在金門等候我。

牠也守候大海數億載，當初以海洋為終生的守護之地，便決定以最真實的容貌與海相伴，一種無法言喻的堅貞。

雖說早知道脫殼才成長，但走在孵卵區，還是很震撼。鱟卵孵化前在卵膜內就脫皮四次，仔細觀察卵，卵中有薄紗的殼，是仙女遺落的羽衣嗎？這胚體已經像鱟的體形了。

看著戶外大池裡的一對對夫妻魚，我想：牠們像一艘艘潛在海底記憶的小舟，孤寂地等候碰觸、相會、相融，繁殖島上的哀愁，傳承島上的美麗。

晚上，借住獨居姑婆家，缺牙姑婆高興地為我煮飯。她還說：「我養過鱟。牠們殼和尾在沙地磨出『川』字痕，夜裡牠走在水泥地上，兩邊的殼會拍出啪噠啪噠的聲音，我在啪噠聲中入睡。我小時候比你們窮，鱟肢煮粥才吃得到肉。」

她比劃著說：「我看過脫殼很有意思，要半個小時。牠每脫殼一次，就比原先長一．三倍，未蛻出前那肉身在蛻殼中很擁擠。牠從胸部和腹部的縫隙，慢慢地褪，移動一下左身體、一下右身體、腳再向前蹭地、向後蹭地，新殼薄軟又脆弱，脫殼像搏命，一定很痛，但唯有脫殼才會長大，鱟十三、四年來要脫十五、六次皮。每次脫皮都是生命扭轉、進入更高境界。」又說：「鱟個性溫吞，慢慢移動右、左腳，烏龜長壽也不急不緩，正因如此才能慢活，不被時間淘汰，一齡一齡慢慢長。」

她問我什麼時候帶太太來，她是智慧老人吧！要暗示我什麼？我想：「脫殼如『蟬蛻龍變』，每次脫皮都是解脫，這真是『脫殼其身，解骨騰形，如棄俗登仙』。和牠比，我蛻變幾次？我是否急躁？老愛怨懟！鱟成熟找伴侶在十二歲，卻終生相扣到二十五歲老死，而我呢？」

## 三、悠遊漫步，爬成活化石

對鱟感興趣之後，我活得勃勃生機，回到中和家，還特地跑到台中科博館去看亞利桑那州來的「美國土桑化石菁華」特展，看到鱟的一大片珍貴石片，上面留著一隻鱟化石和牠走成U字形的長足跡，我震撼到快休克，資料說：這隻產地德國索倫霍芬的鱟是一億五千萬年前的，牠生活在始祖鳥時代，我興奮地想：在亙古蠻荒，泥沙淹滅牠的那一瞬間，牠在幹嘛！是正在泥灘中還是在湖底？

從科博館回來那晚，我陶醉在幸福中，我微笑蜷伏窗口聽淅淅雨聲，我還在想那隻化石鱟。如在泥灘牠最後剎那在做什麼？是悠遊漫步？是倉皇失措？牠拖著沉重的腳步，啪噠啪噠走那麼長的U字形，拖著殼走成化石，從德國走到亞利桑那，又走到台灣，漫天蓋地鋪向現今。

十一點了，我站在窗外，伸出舌頭，品嚐雨的濕潤，想著那隻鱟垂死前的長刺尾，那尾巴拖曳，牠是在刺什麼呢？

夜裡輾轉反側，那隻鱟居然入夢來，濕漉漉的刺尾叩我窗戶，「啪——啪」乍響，一直吵我、似乎邀我一探海的奧境。夢中，我全身放鬆游泳，游到了金門沙灘的基底，我大牠小，我學牠趴在大海底層，我是鱟，守候著金門，不！睡在海中。

醒來方知是夢。我攏攏枕頭，靠床邊想：金門海與我共生，給我呼吸、哺育了我。我從台北回金門又到台中，我一路仰慕它的風華，海一定有磁性，吸著我一路尾隨，而鱟對金門一定也是；這鹹、苦、酸、澀記憶的總集合，對四億多年的鱟而言，地球眾多海灘和海底也一定是有強大的磁吸力。

## 四、鱟像一艘記憶的小舟

回到中和家中，我約了幾個金門人來家裡聽我說鱟的故事，大家橫七豎八地喝高粱，永遠談不完的遠方少年。

開二手書店的說：「金門常住人口只有四萬多，在外地倒有四十萬，金門人在台北相濡以沫，永遠是邊緣人。」

另一人搶著說：「做邊緣不好，台灣已是邊緣，金門更是邊緣的邊緣。」

「邊緣人」這句話提醒了我，鱟對金門不也活在邊緣，如我們活在台北邊緣？

做保險業的老王又搶著說：「邊緣表面落後，卻保存了純淨、原始。金門可以保存那麼多閩式建築、南洋建築，而一海之隔的廈門就沒辦法保存原始，做邊緣反而可以。對台北人而言，金門是邊緣。唯有邊緣、不顯見才能活得久，隱蔽、被棄也有功能啊！」天啊，他說的竟是我剛剛才想的。

志工提到鱟，說：「在古寧頭搶灘、八二三砲戰中，不知踩死多少鱟？在單打時，解放軍對金門砲轟都打到無人的海灘上，沙灘上落下『砲宣彈』，不知道打壞了多少鱟？只有幸運的鱟才保留下來。」

我接著說：「金門人是邊緣人，鱟也是，唯有邊緣、不被看到才能活得長長久久，隱蔽、被棄不也是好事嗎？」

又說：「做金門人也是幸運的，因為有鱟永遠在等候我們，鱟，走在海洋的基底，等候大家回來找牠。」

再說：「如果我們從現在起，開始收集金門人、動、植物的故事，記憶它、了解它、告訴我們的孩子，是不是我們心中就存放了一個壯闊的金門，收納了一切事物對金門的記憶？」我滿腔豪語，大家卻瞪視我，全不語。

黌志工走來，拍拍我：「好樣的，又發傻了，寫好去投《金門日報》副刊或《金門文藝》季刊吧！雖然大家皆是瞄一瞄，哈哈。」

老王說得理性：「現在金門更像霧島，是不清不楚的地理環境，對大陸、對台灣皆有若離若即之感，像抓不著的霧。而內心的霧區更是遍在每個金馬居民，我們始終不安。」又抱歉地對眾友舉杯：「太嚴肅了，為金門前途，乾了！」

送走金門人，太座攬住我：「你豪放不羈的樣子又回來了。」

我心胸朗朗，和她爭什麼？不要被台北磨蹭光了，在台灣要當一隻好黌。

＊本文獲金門縣二〇一八年第十五屆浯島文學獎散文組優等獎

# 黑暗星球

古希臘天文學家將肉眼可見的星星分為六個等級，站在地表裸眼見到最暗的星星是六等星，六等以上都是黑暗星球。阿青是六等星的盲人，他出生在金門，到台灣本島跟其他盲人一起受教育，他的天空透出微光，如今再回到出生的金門上大學，天空似乎更亮了。

## 黑暗世界

小時，父母去台灣工作，這對雙胞胎託付給外婆照顧。舅公認為盲生不用讀書，不讓他讀幼稚園。娃娃車來了，他哭著追哥哥的娃娃車，啞哭了三天才能上學。家人不讓讀幼稚園是有隱憂的，因為幼童常捉弄他，他需要外婆陪讀和哥哥保護。

阿青和哥哥是三十二週的早產兒，哥哥生下時體重已輕，而他只有一千三百公克，像隻小貓。哥哥出生時眼睛正常，阿青視網膜剝離，這是早產兒最怕的。他三歲前對光有感覺，可看到水泥車的影像及黑白兩色，如今，一般人無法直視的太陽，他則能直視，隱約看到太陽光。他小時常問為什麼哥哥一切正常？也或許哥哥把「養分」吸走了。他知道視障圈很多雙胞胎都是一方有缺陷，一方沒有；至於什麼時候視神經會萎縮？有人國小、有人國中，就看造化了。

阿青一歲會爬、會走老是撞牆，他不知自己和別人不同，以為大家都是瞎子；直到有一天吃棗子，哥哥叫著：「我要這個大的，不要有破洞的。」阿青看不到，很生氣哥哥拿到大的，他伸手抓哥哥的眼睛，把他的臉抓到血痕才干休。當他知道只有自己看不到時，真是驚恐；他會暴躁地抓布偶熊眼睛、扯猴子鈕扣；繼而，外婆及舅媽衣扣也被他硬生生扯掉。每次為了搶玩具而流血，外婆抱起他倆，說：

「從前，有一個小天使常常哭泣，因為他沒辦法在天上飛，幸好天神想了一個方法，把他送到外婆家，讓外公和我可以好好照顧；你是哥哥，我們都當他的翅膀幫他飛，好不好？」外公又常常找水泥車，帶他坐在7-11店看經過的大貨車，或站在路邊看工程車，阿青都會高興得跳上跳下，靜靜的看著模糊影像，捨不得離開，一站就是半個小時，外公也耐心地等他。

他漸漸地適應了周圍的黑暗。要上小學了，父母擔心金門沒有特殊學校，又會被新同學欺負；就將阿青帶回后里家，讓他就讀台中大雅的惠明學校，那裡大多是視障。他家遠，只得六歲就住校，寢室大哥哥聽他在深夜啜泣，說：「你不准想家，這點一定要學會。」

「不准想？我才六歲，一週只能回家一次耶！」

週末回到后里，爸爸也說：「阿青，你要學會照顧自己，海倫．凱勒說過：『活著，我們就要甘心』。」

「又是討厭的海倫．凱勒。」阿青撇撇嘴，大家都不了解他的苦，他不喜歡老師、教保員、爸爸都以盲聾的海倫．凱勒為例，因這金髮美國人，離台灣太遠了。

有了寢室大哥哥扶持，阿青很快適應了，阿青覺得自己是好運天使。大哥哥說：「我們不笨，沒有做錯什麼，只是身體有些『不乖』，才會飛慢一點。」又說：「上帝把你的眼睛關起來，卻把你的鼻子、耳朵打開；別人給什麼，你就拼命學吧！」阿青聽大哥哥的話認真學點字板，但仍舊傷心，認為自己是軟綿綿的鼻涕蟲，沒有堅硬的殼。

國中時阿青也讀惠明，哥哥則讀一般學校。每個禮拜回到家，爸爸會教他功課；他讀國小、國中是免費，高中學費有減免，爸爸送哥哥去讀私立明道高中，全力培植他；阿青讀國中時，有了專用電腦，連上點字顯示器及語音，他的世界開闊了。

一天回家，阿青講笑話給爸媽聽，他說：「我們盲人不怕槍，因為看不到槍。我們盲人撞到牆或被別人踹倒，流再多血都沒關係，因為看不到傷口。」哥哥給他鼓掌，他心裡一陣苦笑，那一絲絲怨懟總嵌在心裡。

不願讓路人知道他永遠是六等星，就常戴帽子墨鏡遮掩，喜歡自己是酷酷的帥哥。他對方位、氣味最明顯，住在家時，父母固定的作息他都聞得出來、在宿舍他也熟悉四個室友的氣息。有一次媽媽的手環不見了，反而是他找到的，哥哥驚嘆不已；因為媽媽洗衣服要脫手環，這不是常有的行為，媽媽不知道擱在哪裡？是他提醒媽媽到後陽台高台找找，這就印證了寢室大哥哥說的：「要多訓練聽覺、味覺，要仔細聽，上天會聽見我們的聲音。」

在家裡、宿舍跑來跑去也不會跌倒。習慣獨立生活後，媽媽就放心他從台中考到台北啟明讀高中，即使放長假才能回家；學校有很多課外活動，他參加了合唱團、按摩社、廣播社，高二考上按摩執照可以謀生了。他又遇到生命中的貴人，教了三年的國文老師——謝老師，半盲的她上課時說：

「聽聲音，聽見狗在遠處低叫嗎？」慢慢，同學的耳朵都聽得見了，又要大家揉揉、摸摸桌上的點字書，聞聞紙的香味、聽聽風的聲音。三年薰陶下來，謝老師打開他的耳朵，他的心思變敏銳，看見自己的天堂。晨光時，謝老師帶著大家在草地圍坐，說：

「仔細聽，聽到燕子拍翅竦竦聲嗎？聽到麻雀跳躍聲嗎？」有次，謝老師在教師辦公室改作文，當改完阿青的作文，興奮地傳閱他的文章給別的老師看，阿青這樣寫著：

清晨在後院走動，聽到樹林裡松鼠跑上爬下的腳步聲；如是兩隻松鼠尖叫，聲音高低不同，就是爭地盤，嘶嘶叫就是打架，嗚嗚叫就是生氣；牠們有時呼呼噴氣、有時嗯嗯喊叫，靜靜聽，樹林裡有太多有趣的聲響了。

高中以前，我脆弱流淚，日子沒有陽光，現在我變得沉靜；我忙碌地求知，希望看見光明，悲傷慢慢消融；雖然，顏色仍沉重。

阿青聽力越來越敏銳了，有次老師在講台低頭看著書，邊看仍低頭說：「好悶，哪位同學去把教室門打開？」台下阿青立即說：「老師，教室門是開著的。」又說：「我們能感覺空氣變流通，風已吹進來。」明眼老師再問：「如果門關起來呢？」他答道：「門縫會有細條的風進來。」全部盲生都笑了。老師對盲生的敏感驚訝極了。下課邀他搭電梯，在電梯裡他告訴老師很悶，出了電梯立刻感覺有風、寬敞明亮了。和老師走在校園，他說：「老師，我不是算走多少步、走多少階梯，而是憑感覺；嗅到不同的空氣就知道該上樓了，敲導盲杖只是讓我不會跌倒，空氣激盪不同，就知道走到哪兒了，我真的不會跌倒。」

高三畢業，阿青參加升大學「特考」，這是身障生的學測，考完要填志願分發，他左思右想選擇了出生地的「金門大學」，因為他很想念外婆，他喜歡國文，幸好分到金大華語文系。

阿青哥哥放榜了，考上了台大。他哥哥陪他從台中到金門大學報到，哥哥幫他擦床、鋪床墊，還請室友多多照顧弟弟，室友很驚訝地說：

「你們真是一個模子出來的，長相、聲音、動作都一樣。」

哥哥帶阿青到外婆家，阿青抱著外婆說：

「外婆、外公！不擔心我，我來陪你們。」哥哥擠過來從背後環著他。

阿青聽到長廊「喀喀喀」皮鞋聲漸行漸遠，想到要和哥哥分離四年了，他紅了眼，對哥哥喊：「你這麼用功，是為補償我、將來好照顧我嗎？就算我倆一起考上台大吧！」哥哥跑回來，緊緊握住他的手。

阿青再回金門，是從頭認識金門。表哥帶他去金城老街吃蚵嗲，晚上從總兵署起，跟隨導覽員參加「後浦小鎮之旅」，走將軍第、模範街，去浯江書院，再走洋樓、貞節牌坊，最後到武廟，坐著聽導覽員講金門先賢的故事。講到蔡復一，原來他是明代的一個瞎子，瞎子怎能成為先賢？阿青豎耳聆聽。

## 遇見醜才子蔡復一

導覽員說：這位金門先賢非但獨眼，還跛腳、駝背、麻子臉。阿青眼睛一亮，盲眼歷史有了傳承，這站起來的偉人是四百多年前的進士。

阿青聽著、聽著，暗中哽咽。表哥催他走，他整個人黏在座位上動彈不得，他的世界立體起來。

原來，蔡復一的童年和他一個樣。他住在蔡厝，到鄰村讀書，是用騾子駝著去的，路兩邊長滿芒草，草高到還能打結，路不平整，有次他還從馬背上摔下來，他說：「我長大一定要鋪平家鄉路。」他也遭捉弄，經過田間小路，小孩看他一跛一跛的無法跳躍，故意將路旁的兩藤蔓拉起打結或將樹枝雜草橫在路上，他跨不過跌得鼻青臉腫，大夥兒就在路旁哈哈嘲笑；即使常遭欺侮，他功課還一級棒，十八歲鄉試中舉第一，十九歲到宮殿應試為進士。在金鑾殿上，皇上嫌他相貌醜陋，他跪地而拜，說：「臣麻面滿天星，卻能一眼觀天斗，獨腳跳龍門，龜蓋朝天子，祝吾皇萬歲萬萬歲。」逗得龍心大悅，誇他聰明，他能詩能文，還能兩手同時寫字。要去下一站了，他請表哥追上導覽，急切地問：「您知道蔡復一的住屋在哪兒？」

導覽心細地回答：「我建議你走環島北路，去找蔡厝，再到蔡復一故居。」

週六表哥到金門大學找他，一見面，就拍拍機車說：「走，帶你去一個地方。」上了環島北路轉高陽路不久就到了蔡厝，原來表哥前幾天先來過，蔡厝現在是小聚落，街道已不如往日繁華。他們有幸找到蔡氏後代蔡流冰先生，他特地開了蔡氏家廟給阿青倆參拜；蔡氏二房第二十一世祖蔡復一的畫像，高懸於祖龕之上。家廟供奉的祖先早在五代梁朝就從同安遷居來這兒了，家廟屋脊為翹脊、木窗非常別緻，雕刻雖不精細，卻很古樸。蔡厝有秀才、舉人、進士，科考功名竟達一百多人，允文允武的只有蔡復一，他平了苗亂，在《明史》的金門進士中，只有他，被單獨立了列傳；他也是劉大杰的《中國文學史》中，唯一一位金門進士，可見他的詩文俱佳。而現在的蔡流冰處長也是人事高考及格，蔡處長說：「蔡復一曾任貴州、雲南、湖廣軍務總督，官做到『五省經略』，後來做兵部侍郎兼貴州巡撫，因為長年奔波整治兵事，幾乎沒有閒暇，積勞成疾，病逝軍旅，皇上感念他的功績，追贈他為兵部尚書。蔡氏家族相當重視傳世的畫像，每年冬至及忌日兩次祭拜『蔡復一畫像』，並拿出畫像來曬一曬。」

阿青說：「請帶我去蔡復一故居吧！這是重頭戲。」家廟往左走幾步，到一屋前，流冰先生說：「這就是故居，蔡厝一號。」表哥「啊」了一聲，阿青聽出故居已腐朽不堪，完全不能入內參觀。

「怎麼不整修？多麼重要的先賢啊！」表哥問。

蔡先生要阿青摸摸牆面的磚塊，他感覺上面是石頭，下面是磚塊，果然，清朝的石頭在上面；下面是現代的磚塊。蔡厝一號是一落兩櫸頭房，兩棟連在一起。原本文化局要把它改建為歷史老房子，但是後代子孫對整修有不同意見，只能暫時維持現狀。

蔡先生送他們到街道口，手指蔡厝古道的登山口說：「爬太武山這古道，十分鐘就到『元履湖』、『敬夫池』景點。」

他表哥猜：「『元履湖』？表示元朝人就來這兒走過了吧？『敬夫池』？古早的女人是該敬夫的，對不對？」

「猜錯了！這都是為紀念蔡復一，蔡復一就是字『敬夫』、號『元履』，他是蔡厝最重要的人，也是金門唯一獲『尚方寶劍』的人。」要出村子口了，蔡先生覺得盲人阿青很好學，在路上又說：蔡復一考上進士，皇上給新科進士告假回來娶妻；夫人賢德，見他忙得無暇吃飯，發明一個吃潤餅妙法：麵粉攪成糊狀，在熱鍋上輕輕一抹，做成薄餅皮，再把各種菜切細熗炒，用餅皮包成圓筒狀，給他食「薄餅」，這樣既不影響工作，又不耽誤用餐。

送到村子口，順道參觀碧山宮，碧山宮有一千多年的歷史，是第五代祖建庵的，案上供奉許多塑像，內有一尊寫著「蔡府王爺」。「王爺」不知是否為蔡復一？只知蔡厝有一傳說，如瘟疫流行，只要掛上他的畫像，就可免除災禍，可見族人已經將他神格化了。

在回程的機車後座，他表哥轉述蔡復一「七鶴戲水」傳說，這是之前蔡厝的老人家說給他聽的傳奇：

蔡復一是四百多年前的人，長相難看，把他描繪成醜陋之人才越顯他的才智聰明，較常聽聞的說法是他家世代務農，父親蔡用明躬耕苦讀，終於赴省城考中了舉人；寒門出孝子，他決定重修祖墳，從內地請來一名堪輿師，發現一處「七鶴真脈」風水寶地，子孫可以七代為官。只是，他如果洩漏天機，凶煞會沖到風水師本人，雙眼會失明，再無法堪輿度日。蔡家答應一定終生供養大師；不過時日一久，家人難免心生倦怠。一天，丫鬟端來一盤香噴噴的羊肉給風水師吃，他正要吃時，丫鬟說溜了嘴：「這隻羊掉進糞坑裡，我們都不敢吃呢！」風水師感到寒心，難保自己老邁，蔡家會趕他走。他想自救，當著大家面，故意掐指算，假裝說：「這墓穴當初在座向上犯了差錯，恐怕會『凶象變異』，非但子孫無法中進士，還將禍延八代。如果不信，可以遣人至墓穴，拊耳傾聽，看墓穴中是否有嘩嘩水聲，若有，即表示『惡水流棺』，證明我所言不虛。」一查，果然有水聲嘩嘩，開掘後，水聲中有七隻白鶴飛出，有六隻飛到別村落下地，唯一被墓穴主人壓回逮著的那一隻，傷成獨眼、跛腳、駝背，就是「蔡復一」轉世。

## 回到金門大學

聽了這些故事，阿青多希望瞎眼的厄運也能破解。曾聽過《盲人律師》電影，律師為勞工打官司，知道盲人不只是按摩，還能奮鬥成律師；他看了許多點字版勵志書，譬如：讀過視障《上帝沒有跟我說不》、舞者《單腳舞動人生》、看過《盲人的星球》，作者用詩的語言激發人的生命力；他看過五兄妹被送到孤兒院，卻沒有抱怨的《天使不哭泣》，阿青不解，難到他們心情都沒有起伏？阿青找到蔡復一的官服照貼在床前，低潮時夜晚摸一摸，摸他的左瞎眼，對他默默說說話，尋求安撫。

一天，他夢到跟風水師去蔡家山坡的墓地，果然聽見墓穴裡傳來嘩嘩的水聲，他驚駭的請地理師協助。地理師才一開挖，大水立即湧出沖到了跟前，他用雙手掬起水，洗了三次眼睛，眼睛立刻好了，他睜大眼貪婪的看這片青山草地，這是漂亮的黃色、這是翠綠的大樹，連拱起水泥墓地，拱形也異常好看，他昏沉沉地睡著了。

一驚醒，雙眼還是看不到，寢室仍是黧黑一片。他靠著枕頭墊，哀哀自憐道：

「我怎麼不是聾子，只要植入電子耳就可聽見了。而瞎眼，龍穴水還是沖不掉心中之怨；胎兒時和哥哥共用循環的血液，我知道有『雙胞胎消失』症。雙胞強者會吃掉弱者，既然爭不到血液，就把我萎縮、把我枯竭掉，讓我像紙片人般地融掉吧！哥，優勝劣敗，你把我吸收吧！我何苦來世上走一遭，這痛誰能解？」

低潮不久又轉為高潮，像往常一樣，他躺在床上想：「蔡復一跛著一隻腳，還能指揮打苗族，一輩子痲臉還能和屬下運籌帷幄，駝著背還能統帥部隊；我只有眼瞎，根本不算什麼？」繼而又想：「將來我不做洩天機的風水師、不做闢西摸骨師。既然做了大學生，還是用知識助人吧！」他從沮喪的谷底又爬起。

回到金門大學，一切都平靜下來。系裡很少盲生，就安排他做了一演講，憑著廣播社的訓練，他侃侃而談，說：

「我失明就當家中發生大火，當下會難過，多少次反反覆覆、沮喪又抱希望。舉例來說：盲人找對象非常困難，我的女朋友交往兩年分手，因為她是半盲，說我是利用她的眼睛，能到處走動而跟她來往，我很難過，我多希望是愛她和被愛啊！心情就是這樣每天都在起起伏伏。」阿青的告白感動許多人，演講之後，他成了系裡名人，老師、同學都認識他。

高中課本都是點字書，大學功課對盲生而言太深了。幸好輔導室有資源中心，他向學校申請了助理，一科有一個助理協助他課業。另外，金大算公務機關，必須晉用一位殘障人員才不會受罰，否則稅金要繳很多；學校在資源中心為他開一個空間，他可以為老師按摩，由學校支付費用，他算是領最低月薪的員工，也就是他固定有月薪兩萬二。原本爸媽、外婆認為他沒有生活能力，現在，他在金大有薪資，還可到金門酒店給觀光客按摩，有了生活費，他活得滋潤，小時候做的夢離他近了。

他哥哥來信，阿青笑了，不管他哥哥懂不懂，他回信道：「謝謝你當年沒把我『吸掉』，我像金門的海芙蓉，能隨風搖擺。」

他如約到酒店門口，一名服務員來帶他，黑暗星球來嘍！他輕輕搭著那人手肘，穿過走廊去給人按摩；日後他會是歌手吧！會是特殊學校老師吧！

＊本文獲金門縣二〇二〇年第十七屆浯島文學獎散文組佳作獎

# 一條細繩，如何拴住一座島

## 一、含笑的獅子

從來不知道那麼偏鄉的小小村落裡會冒出長相這麼奇特的人，也沒料到，後來成長的歲月中，我是被這個人「嚇大」的。

三歲時，牽媽媽的衣襬在排隊，排到一個「大鬍子」面前，我從沒見過這種「人類」，嚇得躲到媽媽身後哭叫。那個人皮膚白、身材高、鼻子大、鬍子掃帚樣一大把，低下頭時，像一頭含笑的獅子。從來沒見過如此特殊模樣的人，我嚇得慌了，一直哭。媽媽只好不停哄我，領到滿懷的奶粉尷尬的離開。

後來媽媽只要一聽到哪裡在發麵粉，她就想盡辦法趕快去領，我多去幾次就不怕了，因為嚇我的這位「大鬍子」會發五彩糖果給我吃。媽媽沒信教，也不是貪小便宜，實在是家裡食指浩繁，你看！我叫九妹，是永遠吃不飽的屘妹。

他的長鬍子模樣的確像聖誕公公。聖誕老公公穿紅衣、紅褲，他是穿軍服，沒有騎麋鹿，是騎摩托車、或開吉普車來。他住在金門，一兩個月就散發一次，不是一年來一次；村子人不知他到底有多少麵粉？奶粉從哪兒來的？只是盼著、等著，他也不太傳教，媽媽們就腆著臉領著。

這不怪媽媽，常常開飯我就要哭一場，蕃薯有大有小，我常爭食搶食，認為別人的大、我的小。為吃，我浪費了最多精神填這個無底洞，家裡有點好吃的，我總要偷點吃，直到一天，我發現一處有吃食。

金門軍管戒嚴時期逢單打日，我們就要躲砲彈，我很小就學會看日曆躲砲彈，日曆上面是單數，晚餐才吃到一半，就聽到咻咻咻的砲聲，我熟練的走到自家防空洞裡躲避，防空洞裡空氣不好，潮濕又悶熱，全家人圍著一個煤油燈蹲在那裡，警報解除後出來。有一日一出來，村子出了狀況；阿堯嫂被砲彈碎片打到，血流滿地、痛得哇哇叫，還好骨頭沒有裂，不一會兒，有個穿草綠色軍裝的人騎機車飛快來了，他不是軍人，是「大鬍子」，他細心的包紮阿堯嫂。原來這個「阿督仔」還是個醫生，在發麵粉的教堂旁設了一個小醫院。

金門人人皆兵，村子的阿全哥滿十六歲了，在搶灘搬運物品時受了傷，就送到這個醫院來；小學放學後我故意繞道太湖去醫院看看。

我跟院裡阿伯談話時，醫生歸來，他摸摸我的頭，走進病房，阿全哥躺在床上看起來精神多了，他說：「我們家沒有錢付醫藥費，還好住在這裡不要錢。」隔壁有一區叫「慈愛之家」，專收嚴重的發展遲緩兒，看起來怪怪的幾個孩童躺在那邊、頭斜斜的靠著，「阿督仔」走過去看他們，跟他們說說話、抱抱他們，甚至低頭去親他們臉頰，碰到他的鬍子，應該很癢吧？

有時留得晚一點，就聞到菜香味了。原來醫院晚餐吃得早，但來照顧阿全的姊姊怎麼也在發餐盤之列？阿全姊姊說：「醫院全免費，陪病的人都會自動來工作，若不回家，我們也有睡覺的床和餐點。」我進廚房一看，果然拄著枴杖的人在發菜。後來我也學著到慈愛之家那邊去幫忙餵飯，不會嚼食的孩子是吃泥狀食物，盤子裡還分地瓜泥、菠菜泥，清清楚楚的一團黃色、一塊綠色，我問愛爾蘭籍的護士，說：「他們不懂、也看不到，是不是混在一塊發比較省事！」她用不標準的中文，搖搖頭說：「不能省事！不要欺負他們的舌頭和鼻子，我們在訓練他們的味覺和嗅覺；做事不要管別人，只要天主知道就好了。不同顏色要分開餵，知道嗎？」我餵坐著會滑下的病人，似懂非懂的點點頭。

我出門請神父來吃飯，他在院子餵鴨吃飼料，我走近看，他也在餵馬，上手臂還纏著紗布，我指著問，他不在乎地說：「沒事，被砲彈碎片打到。嗯，金門人騎駑駑馬代步，我剛來也養了一匹到現在呢！」又說：「我以前在湖南也養了一匹馬，騎牠到深山裡去醫治病人，還遇見老虎呢！還好，我身上帶了槍，碰碰！朝天開槍把老虎嚇跑了。」初次聊天，他把我朋友；我吐舌頭，第一次被這英勇的事嚇到。

時候不早，我準備回家了。神父知道我叫九妹，立刻要我帶一些青菜回去。走到菜園幫我拔了菜和摘一些芭樂，我高興得笑逐顏開。這時，院裡的阿伯跑來，叫著：「有人肚子痛得在地上打滾。」神父二話不說，揹起藥箱往水頭跑。

後來我又聽說他另一傳頌的勇事。八二三砲戰開打的那天，羅神父在琉球接洽物資、藥品，他得知後，第二天飛回台北，不顧勸阻趕至澎湖搭登陸艇準備回金門，敵軍砲火猛射，「開口笑」登陸艇兩次靠岸不成，熬了幾十個小時他等不及了，趁夜色居然從高高的登陸艇上跳水游泳，砲彈在他周圍四射開花也不怕，拼命往前游，我猜他是當時金門最勇敢的人。

## 二、學會寬容

十歲時，爸爸得了肺病，在尚義醫院和衛生所治了三個月沒好，就轉過來神父醫院。陪爸爸看病久了，我才知道這是羅神父親手蓋的醫院，而爸爸內科的病居然就治好了。常陪爸爸看病，我和他熟了，就膩在教堂幫忙雜事，減緩我的「九妹」情結，阿督仔神父很快知道我姊姊們的名字是：「招弟、來弟、求弟、念弟、衛弟、肖男」。家裡有九仙女，媽媽盼星星盼月亮，終於盼得了弟弟；十個小孩，她有做不完的家事，從小，她就對我說：「走開！別擋路！別像鼻涕蟲的黏著。」

吃的問題解決了，我腦袋就靈光了。我跟神父控訴我十二年來的苦痛，我說：「媽媽從不疼我，她只疼弟弟。我每天要幫忙養雞鴨、去田裡，我沒有被愛過。」向他吐些狗屁倒灶事，神父不認為我的抱怨是胡言亂語。他邊工作邊耐心聽，聽完會拍拍我，輕聲開導著：「我了解妳，來！送妳一條毛巾，難過時抱著毛巾很暖和，第二天就好了。」藍眼睛藍得像午後的大海，盡是溫暖。他又很會逗我玩，他撿起一截小木棍，在我頭上點著，唱：「小小金棒妙妙妙，變個魔術給你瞧。」他吹氣：「一、二、三——變」快轉一圈，指說：「妳是仙女了，送小仙女一顆棒棒糖。」果然他手上冒出一顆棒棒糖。

初中時，我才略略懂事。那時羅神父看了一天的病，當修女問他吃飯沒？他才想起，說：「喔！我吃了一片麵包、一杯牛奶，難怪覺得肚子很餓。」神父就順手拿起一個快爛掉的瓜吃將起來。在這裡我學會「順便」這兩個字，許多治好的農夫，會高喊一聲：「神父！我帶青菜來了。」把菜放好，就「順便」去菜園種菜、理菜、施肥。來醫院送雞鴨的也會「順便」來養雞、餵鵝、鴨，走時喊一聲：「神父！雞餵飽了，我走了。」不管神父在不在？聽到與否？養牛耕田的人也會「順便」來照顧他那匹馬，大家都做得很自然。這兒讓我肚子不餓了。太湖醫院幅員遼闊，太湖碧水泱泱，是成群結隊的小孩與湖中魚嬉戲的天堂。我們也是覓食精靈，這有成片的荒草，我們除草根，「順便」挖出肥滋滋幼蟲來烤；小孩都有神農水晶肚可嚐百草，傳說百蟲有毒，服下後胃腸呈黑色，找神父解毒就可。

到高中時，我們更會找吃的了，幫忙水果樹整枝。教堂種了七百多棵芭樂，「到神父那兒吃水果。」成為高中生最喜歡呼朋引伴的聚會方式。來這裡我也「順便」聽到了許多故事，眼界為之一開，也學會「看開點」三個字。病人之間會常聽到：「阿嫂！看開點不要有壓力，不要緊的。」不知道是否是神父的影響，在他身邊「要快樂」、「看開點」成了口頭禪，即便天天躲砲彈，到了醫院或教堂，感覺就比較安心。

我心中一直有疑慮，問修女：「神父怎麼能蓋出教堂來？這大片地哪兒來的？我們金門人都信城隍爺、恩祖公，天主教是外來教呀！怎麼會有人信？」她說起神父來金門的事：

在八二三砲戰的前四年，有九三砲戰。台灣教會募到很多捐獻品，卻找不到一位神父做代表來戰區，那時人在桃園的羅神父得知，他不聽修士們勸阻，就義不容辭的答應。聖誕節前帶了二萬多袋聖誕禮物就來了。他看到斷瓦殘垣、百姓炸傷驚嚇，從心底生出不捨，就申請要留下來救人，但金防部有意見，認為在砲火中，多出一名「洋人」，回頭還要照顧他，幾經磋商，最終還是點頭。美軍顧問團團長看他奮不顧身地穿梭救人，非常感動，請他做顧問團的神父，並問他最需要什麼？他回答是藥品，團長依他開的藥單，請美國大藥廠前後寄來二公噸的藥，直到美軍顧問團撤走。

他的義行也感動了金防部，神父想蓋教堂，長官無條件把太湖對面沼澤地借給他，或許想：「你現在都四十五歲了，借你使用五十年，難不成你會活到一百歲？」部隊還借他卡車挖土填地。他竟然以愚公之力斬棘披荊、胼手胝足將沼澤地整頓起來，最先蓋好的是簡陋鋁皮圓頂屋，一半作教堂，另一半作病患收容室，然後慢慢延伸，建立了「仁慈之家」。修女俏皮地說：「他比建築師還厲害，但過程很像你們在搭積木遊戲，不熟練也在玩，邊玩邊修改。」

以前金門人不敢生病、不能生病，這下好了。他的藥是捐贈得來，所以他說：「白白得來的，也要白白分施。」他的診療單滿是藥漬，每當中外人士握著他那粗糙起繭的手，說：「這教堂真是您的傑作，漂亮！」他會回答：「是有『別人』在幫忙。」他說的別人是天主。

在金門做彌撒都要機動，阿兵哥輪休時間不定，星期日不一定能來。神父白天在教堂，即使來一個人，也要為他做彌撒。有時，對岸砲彈打得震天價響，教友們都嚇得跑進防空洞了，只有神父不走，硬是把彌撒做完。

修女說大家喜歡羅神父是他隨和容易親近，他重視「靈的得救」勝過一切。有一次，有位非教友抱著臨死的智障兒找金城教堂的費副主教，請求為孩子領洗，以便孩子死後能享天上的福。母親的苦心，令人動容，金城神父請這母親先聽道理再和孩子一起領洗，母親心焦認為來不及了。金城神父認為孩子情況不像她說的那樣嚴重，礙於教會的規定堅持要聽道理，母親求了三次被拒，只好到山外天主堂找羅神父幫忙，神父二話不說就為孩子領洗了。後來這個孩子活了下來，事隔十多年，那孩兒長高了，金城神父一次見到羅神父時笑著說：「你看！那孩子不是像他母親所說的快死了，如今他長得多好啊！」羅神父妙答，說：「那是因為領了洗，受到天主的庇佑，才能痊癒呀！」

## 三、如鷹隼般衝上天

教堂被漫天砲彈擊中十五次，神父也為流彈打傷過，還引耶穌的話，說：「我的頭髮有幾根天主都算好了，沒有祂許可，一根髮也不會掉。」他不分晝夜衝進衝出，到處為人止痛療傷。四十四天砲戰結束，政府在台北頒他一枚「光華獎章」，他領完獎就回金門。

除了山外，在金城的教堂也擴建落成了，神父主日要兩頭跑。有一次在趕往金城彌撒時，吉普車中彈，他立刻跳下車，在路旁田埂就地掩護，趕到教堂遲了，還若無其事地主持彌撒。多年後來他告訴我，說：「在戰區，我也怕死，但想到當年在湖南，曾有十個人為我犧牲了性命，這是我這輩子最沉重的重擔，我要回報啊！

如果有一天反攻了，我要站在最前線，第一個回湖南。」

這下子我總算瞭解神父有個魂牽夢繫的湖南，這故事聽起來比他來金門的還神往、心動。神父二十三歲從義大利神學院和醫學院畢業，千山萬水的去到湖南，他只認得兩個中國字——長沙，在湖南一待就是十八年，前十七年如魚得水，他一再建堂又管十四個教堂；後來大陸易幟不准外國人傳教，將他鋃鐺下獄凌虐審訊，逼他承認是「帝國走狗」打得牙齒全落，甚至動用刊物、大字報污衊他；曾有二十三天只給他一杯水喝，他不為所動，中共恨得藉公審清算他，但百姓們一聲聲高喊：「釋放他！釋放他！」發起萬人連署。關了八個月，可憐的神父從一百一十二公斤折磨到剩三十六公斤，匪幹才思索到如他死在中國就成為聖徒，不如放了，如此他才死裡逃生，逃到香港住院二個月神蹟地活下。

我高中畢業。心想神父供我家吃吃喝喝這麼多年，我主動說要加入教會成為教友，我的眼界更開了，我的「招弟」死結變活結，解開了。

結婚後，我很喜歡看他做事，一邊幫忙一邊聊，我問他為什麼要當神父？他說：「能作神職是義大利人最崇高之事，我母親是義大利人。」又說：「我的雙胞胎哥哥，生下數天就得肺炎死了，母親坐一天車把我抱去馬賽最大教堂在聖母像前許願，說只要我好好的活，她願意讓我一生伺候天主。本來羸弱的嬰兒竟奇蹟地活過來。」

一次，無意間，教會管帳的教友說出神父當年苦心積慮找各種管道募資，他是美軍顧問團神父，又兼教會福利會會長，多方管道幫金門募得二百噸物資。我吐吐舌頭，二百噸！難怪媽媽可以不斷領衣物，學生每天可喝到牛奶。募款需要能言善道和睿智誠懇，難怪募款得來了教堂和仁慈之家。

生了女兒之後，得知愛爾蘭籍的護士回國，別的醫生、護士來了又走，長期缺乏人力、財力，診所已不收留病患。神父成了「一人診療」，騎著機車仍為人治病。教友心疼他太過勞累，他總說：「我不休息，因為病人第一，天主第二，我在後面。」我知道他在湖南被打到腸出血一直未好，他會安撫我，說：「我喝點鹽水、補充流失的鹽分，再禱告五分鐘就不痛了。」他還是忙到忘了吃飯，教友只好合送他一部新機車慶生；而，主教來了，他一定要款待客人吃龍蝦、干貝，有財力的教友會作陪出錢。

## 四、唐吉軻德

有一年，我要照顧病重的父親，女兒竟然生起病、高燒不退，我無法照顧她。早已年邁的羅神父得知，執意代為看顧幼女，神父已不舉炊，三餐還煮麵給她吃，七天後痊癒。在接她的窗外，聽到一乾啞的湖南腔為女兒唱著：「小小金棒妙妙妙，變個魔術給你瞧。」見他拿著一截小木棍，吹氣、快轉，「變——」、「妳是小仙女了。」我閉眼在月光下靠牆，難過得一時無法舉步。

攜女向他辭行，神父意有所指的說：「妳要盡量幫助他人。我一生看過許多人，人只在膚色、頭髮上有分別，『心』都是一樣的。」我舉起大拇指，他欣慰的咧嘴笑。

神父老到七十八歲，教堂電線也老到走火，熊熊烈火燒了教堂。擅長修繕的神父爬到屋頂，不慎摔斷肋骨、腿骨，教友聞訊要送他去台灣，發現他刪掉飛機上搶救自己的名字，直說休息三天就好，最後是請金防部司令派機，啟動急難救助才將他外送。

神父垂暮之年還心心念著重蓋聖堂，有了五十萬元就壯志不減，他連水泥攪拌車都買來了，他是年老的唐吉軻德。

神父八十九歲，他騎機車晚上外出撞到停在路邊的工程車摔成重傷，教友奔相走告，齊聚病房外等他醒來，有一位阿兵哥也在等，一問之下，他才說：「剛剛神父進來是我抬的擔架，他看我的神情，就說：『在外島，一切要忍耐。』他怎麼看得出來，我當不下去，想輕生？」

神父這一次沒有醒。他送到醫院，竟有心律不整、肝腎功能異常、貧血等毛病，在慈祥樂觀的容顏下，我們都不知道他身體已奇差無比，只有他自己知道。他在金門四十年，只返鄉二次，外國人傾其一生於戰地，這是多麼難啊？

教堂後來因火燒而荒蕪，偶而走在廢棄倒塌的房舍，看到教堂大門被九重葛染得血紅，我彎腰、撥刺才進得大門，牽牛花把歪倒的桌椅牽得紫藍，芒草遮蔽了條條小路，只有他廢掉的機車依然停在破屋角等他歸來。

多年後再去一次，太湖依然波光粼粼，神父住房的窗戶被搬走、教堂只剩窗櫺，只有庭外六尺高的十字架和聖母像搬不走，聖母面容低垂，柱上銘刻著——金門主保。我一直在想：縣府會收回這片地嗎？他在金門四十年，這裡會變成紀念館嗎？如有大鬍子像多好！

最後經費撥下，縣府終於要將廢墟建為「羅寶田神父紀念園區」。在他去世十六年後園區落成，成了陸客必遊景區，它和隔壁昇恆昌旅館、百貨館連成一氣。

夜晚的紀念園區是金門景點，對面昇恆昌飯店的陸客會來湖邊散步，紙片教堂白淨的立著，我走在他騎機車飛揚的雕像前，絡腮鬍飄逸被風一吹，似卷卷雲絮，彷若他還在為鄉民奔馳，他才是「金門主保」。我又去看他挖的防空洞、養動物處；最後出來站在「大鬍子」雕像前，回憶我徬徨無依的童年，太湖溶溶漾漾。林泠的詩句曾說：「我揹著手，從這頭踱到那頭。我在想：這麼細的繩索，能拴住一個城市麼？」神父四十年如一日，串起的是一條時間繩，不斷用它繞著島走，足跡遍百家鄉鎮，他對百家的愛連成串，就接成一條看不見的繩和繫念，緊緊拴住這座島。

個人渺小如微光、如細繩，他編織的這條繩看不見，但無形的各式弧線，隨他的身影在四面八方環繞著……

＊本文獲金門縣二〇二二年第十九屆浯島文學獎散文組佳作獎

# 尋找大冠鷲

鳥園裡，看見一隻大冠鷲，撲撲翅膀兩三下，就飛到鳥網的盡頭。垂下頭，停在枝椏上，從牠被抓進動物園，這種垂頭喪氣的神情不知道已經出現多少回了？牠仍要撲撲翅膀表示還行，還是一隻飛鳥？我在旁邊守著牠看，非常難過。我是這麼愛鷲鷹類，因我常常爬山去看牠們。

天氣好時在山區，我用手遮住刺眼陽光，瞇眼細看牠。牠是王者，和烏鴉明顯不同，飛近時看清黑翅膀「下緣」露出一條白色環帶。

牠伸長著羽翼一會兒飛向青翠遠山、一會兒衝進白白雲層。有時離我好近，近時我聽見牠忽然發出「呼、呼——」、「忽悠——」的叫聲，在山谷嘹亮的迴盪。有時離我好遠，用眼睛追著牠看，追成只剩一個黑點。

牠一定是天地之間尊貴的王，以勝利之姿翱翔在藍天白雲間，唯我獨尊，好像是什麼都不怕的青年，在純真宣告——「I am the King!」我瞇著眼追覓牠，牠又停在禿枝上休息，頭上有清晰可見的白點，多麼美的禽鳥啊！

下山，氣流來了，我見這大器的王者在山坳處滑翔雄風，沿著翅膀下緣有一明顯的白色弧形環帶，原來牠每一根黑羽毛下擺都有一塊白點，當張開翅膀時，十幾個白點連成一條有弧度的線，牠忽悠嘹亮的唱出：「忽悠——、忽悠——」聲，迴盪山谷。這美麗的身影、美麗的聲音，一直在我心中迴盪，我只要一見牠就滿心歡喜數天。

我又跑到鳥園近看牠，原來牠連尾巴也是美麗的弧線，牠喜歡穿花點衣服，相信原住民的披肩、衣服也效仿自牠，牠這麼大，關在鳥園太殘忍，聽說美、日國家公園的鳥園區還更大。

等公車時，看見大冠鷲在東邊的山坳飛行，長長的翅膀畫出漂亮的弧形。我想像自己跟著牠，伸張雙翅，忽上忽下的飛行，飛過山谷、飛過溪流。風摩擦著牠的翅羽，每一根羽毛的細管都像管風琴中由長到短、排序齊整的音管，可以發出「嗡——呼」的樂音，我就像在這些樂音中滑翔，遨遊於廣闊的天空中……。現在我又學牠，在山上步道上伸開雙手，飛呀飛呀的飛下山；一回頭，看見有許多人都伸開手臂學我飛！

我日日浸染其中，隨大冠鷲的翅翼提升我的高度。我視野擴大，夢想自己能貼在鷹鷲翅膀下，隨著牠在天際翱翔，看牠以怎樣的銳眼，逡巡這片山野？每片土地都充滿了活力和滄桑。

# 歐厝戰車猜想

走一段長長沙灘，離歐厝聚落越來越遠，此時海水退去，遠遠一隻褐黑指頭指向晴空。沒多久，斜躺沙灘的戰車如鬼魅般的出現，露出右側翹起的複雜輪帶，長長的砲管像巨篆，以六十度角指天，歲月和海鹽則沾滿它的身體，藤壺和蚵殼等潮間帶生物沿著一筒鐵鏽長管生長，車身斜倚，像摔倒的老人，更像死後仍被日夜凌遲的身軀，起不了身的斜臥在沙灘；讓人看著像一段鐵與血的歷史，下場諷刺更刺人。

這是一輛幾十年來不斷出現在報章媒體的朽壞戰爭遺物，如今成了網紅乃至空姐集體拍照留影的背景。連帶歐厝和海灘前那一排軌條砦，也成了金門奇異的景點。海潮來時，如神祕的潛艇露出一小截上半身；潮水退去，遊客站到它身上，舞動身軀，成為一幅奇景。

無數浪花撞擊白沙灘和車身，開了又謝。一輛滿身鐵鏽的坦克，隨潮水漲落，忽高忽低，似沉睡在沙裡海中；隨著潮汐，履帶越陷越深，只有砲管高高揚起，像永不言退的受傷戰士、或是死而不倒的英雄？向我們訴說沉靜的海岸，曾經飽受戰火蹂躪的過往與證據，即使它離烽火年代有段距離，它仍是那時殘留的未完結篇，小數點後的小數點。

二戰時，它叫 M18 地獄貓戰車，也是所有履帶裝甲車中，速度最快的，故得名地獄貓驅逐戰車。沒有人弄得清楚它的履帶輾過哪個戰役或土地，射擊出多少發狂怒的砲彈、遭受過多少砲火襲擊。只知民國八〇年代拖入沙灘後深陷於此，被當成靶車——當射擊訓練之標靶；讓人憶起古時的凌遲酷刑，一刀刀刮割身上的肌膚。訓練任務結束後，哪裡也去不了，就一直留在這裡。特別的是，能看到這台戰車的半貌，一天只有兩次機會。因為漲潮海水會淹沒了它，退潮時，戰車才會露出水面。來看戰車前，還要先查好潮汐，它像是過氣的演員，瀕臨老態，偶露老臉，再演一齣戰爭的殘酷、無情。

此時一群遠離戰爭的年輕人在海灘上吹著海風，嗅不到煙硝、看不到戰火的一代；在坦克的背脊又叫又跳，像是一個嘉年華會裡的道具。要不是有些濕滑和充滿貝殼，他們幾乎就要爬上砲管，舉臂歡呼。

戰車只剩一堆廢鐵，一如它後排的軌條砦，不宜觸碰；卻任誰皆可親炙，又不可無限制地把玩。這真像離我們不遠的戰爭；一台戰車像崩毀的老人，一邊還受著凌遲；海水溢來，帶著浪聲好像反覆訴說著自己的傷痛與過往，抑或傷痛現今人們的無知無感？

所有參加二戰或古寧頭戰役、金門砲戰的戰士，或老婦們率皆如此。他們像拋錨的戰車、像失能的砲管，滿身創傷的陷在沙灘上，無法抽離、無法移動，任海水浸泡、任年輕的孩子們在身上跳躍、歡呼。

逢年過節，去探訪親族長輩中僅存的幾位——九十五、六歲的老者，都就有這種不忍其離去的感喟。他們就這樣靜悄悄，孤單傾斜在躺椅裡，任由時間的海水侵蝕、拍打，馱載著歷史的記憶和兩岸的傷痕；偶然精神來時，或為我們講述一段遙不可及蒼涼的戰爭遺事。

這是戰車停駐在歐厝的悲哀與啟思。以我出生的年紀與戰爭不遠，尚能體會上一代的歷史傷痕與戰爭的殘暴，也能略略了解這座曾是烽火的島嶼；這坦克是戰爭的武器、是戰爭的遺物，更是戰爭與歲月的見證與時代的烙印。

七十年前共軍攻打金門，骨肉鬩牆，國共英靈，彼此雜沓埋骨金門，天地同悲；奈何政客邦人未以為鑒，如今兩岸依然兵凶戰危。這作為一個近代的「老戰場」，老戰車不再發聲，卻有警鐘之意；它既為亡者發出悲憫之聲，也訴說著可哀可嘆之事。

停在海水裡的老戰車，是座沉思者的雕像。

# 慈湖風情

蒼綠莊嚴太武山雲氣縹緲，
在遠方呵雲吐氣那當兒，村子就醒了。

清晨六點騎車去慈湖，小巧可愛的金門縣鳥戴勝，頂著一頂龐克頭開始叫了，咕咕的叫醒了整個天空。

晨光穿過雲隙，把光耀一大把一大把灑下，毫不吝嗇地灑；晨曦染紅天邊，像火焰燃燒，一會兒，又在一片淡灰中塗上一抹粉紅，彷若塗了點胭脂。

濕地是賞鳥天堂水鳥群聚，白鷺鷥適巧飛入其中，只見牠黑黑白白的身影切過又穿過，飛滑虛實倒影中。草木帶著宿雨的濕潤，在蟲鳴鳥叫聲中甦醒。近處平疇綠野、水上整片的光，迷漾濛濛，來自海的霧氣，如一片輕柔的雲彩，緩緩地氾濫進入村莊、雙鯉湖，伸手想抓卻軟滑如棉。

清晨，霧是紗帳，太陽謙虛地現身一下，並不想亮透，等到濃厚的霧來了，潑墨似的濃稠，漫天的潑，整片地灑，大霧是村莊放蕩的畫家，山山水水都成了抽象畫；太陽躲避不及，只得躲在黑緞中，偶爾迸裂出，一條條紋痕，劍刺一樣從雲端由霧後，一劍劍刺入，有時輪盤樣旋開，晶晶耀眼，他躲在大霧中喊：看啊！這是送給你們最華麗的禮物。

走在湖濱道路，我懷疑出海口是我雙眼切開的，我切開了慈湖的虛實倒影：只見環頸雉、魚鷹忽紅忽白映入眼前，牠在田裡叫，嚇著了水塘邊的白琵鷺；積水地裡一雙紅尾伯勞，也嚇得潛到水裡，不見蹤影。最開心的是捕攝到嘰嘰喳喳吹著哨聲的大陸畫眉，真是難得，難道鳥兒已不怕我了嗎？

中午，慈湖旁的慈湖路沿著西側建有木棧步道，走在木棧上、累了就坐在休息椅聽鳥聲唧喳啁啾，睜眼見小黑狗快活地打滾、大人牽娃兒蹣跚前行，每步將倒未倒，讓人提心吊膽；近處綠軟如氈，遠處宛若階梯，層層而上，有人垂釣。

綠樹叢後掩映著粉花，蒼松翠柏旁圍著矮牆農舍，鳥鳴花又香。天藍花紅樹綠，大花咸豐草、擬漆姑草及槭葉牽牛向我迎面撲來。馬纓丹在炎熱的夏天，這樣冰清玉潔的花兒，伸出五指花瓣，每根手指尖塗了粉蔻丹，大方伸手給眾人看。

黃昏，落日觀海平台是觀看夕陽餘暉最佳景點，現在的攝影背景加了一如虹的金門大橋，映在晚霞滿天中。

金門是東亞候鳥的最佳休息站，有次冬日黃昏，我為了看鸕鶿黑色大軍畫弧飛舞狀，在小金門陵水湖看不到，一路開車追到慈湖北側，牠們棲在木麻黃林上，也有幾隻在湖中覓食，仍不見橫空飛舞，那麼，百隻成人字形飛舞的景觀呢？要不，十隻成一字形飛舞也行，我仍不死心，下車懊喪的覓來尋去，朋友說：「候鳥在長途遷徙中需要飛下來休息，牠們是分秒必爭的覓食，真不該打擾牠們。」於是，我悻悻然暗許下次再來。

聽過狼對月嚎叫嗎？中秋時節，狗也會對月嚎叫，我夜半陪狗看月色。望天，果真星月如晝。當清輝皓皓，連下面的雲層都照得透亮，銀灰中透著光。我想中秋半夜，應是冰魄當空、紫藤鏤影，白雲繾綣。月兒就是要雲烘托，淡淡幾筆那當兒，金門就睡了。

在慈湖觀晨光、月色，日日可見風雲變化、光線掩翳不同；晨昏入夜，水體景觀千姿搖曳，萬種風情。

# 輯二　七十年前的軍魂

殘壁北山古洋樓
（李俊龍提供）

# 金門慢，台北筷

　　這是台北的日常。週六，晴朗，溫暖，詩的饗宴活動，光彩安和地鋪張著。晚上並向九十歲詩人向明舉杯，擺開桌椅，三三兩兩談詩，微甜的酒閃著柔潤的光，我獨自暫歇在一角，思緒還沉在今早的古寧頭裡，台北人活在金門，心思全留在那兒遊走。

　　細軟坐椅，細嚼慢嚥煙燻鴨胸沙拉，詩人們言談皆溫暖可愛，品嚐蟹肉焗烤山藥，或法式烤田螺，侍奉你的岩燒紐西蘭牛排，來一杯洋甘菊柚子茶，將柚香西米露冰淇淋送入口，金門沒有這些細緻味；心思想起上週，偶然的機緣要出書，到那兒去汲取金門的養分。

　　隔天週日，台北的天空非常詩人，上午紀州庵有演講，下午爾雅書房有五本詩選新書發表會，賓客盈庭。流動的臉在快速的轉動，金門沒有急弦的歌詩，沒有忙忙惶急，只有慢車道；金門人從來不急，我也跟著活在慢的步履裡。

來到天然臺湘菜館添一杯紅酒，享受左宗棠雞乾辣椒，嚐一口如意湘蹄、剁椒魚頭；我說：「如果外面飛雪，我們就喝高粱吧！」金門沒有這些湖南辣味，卻是我所愛，我過著金門的步調。活在七十年前的潮汐，心思還在古寧頭戰史館槍林彈雨中，機槍攻擊機帆船，退潮的船隻全陷在東一點紅，咻咻叨叨。我決意將金門這本集子，其中一個專輯題為「七十年前的軍魂」。人在湘菜館，精神猶徘徊在某天的古寧頭潮汐、在睿友文學館。台北的文學活動潮來潮往，一個下午，金門的睿友文學館只我一人。

心緒還漫遊在金門的屐痕中，想著昨天還在北山古洋樓、水尾塔、李光前將軍廟參觀；前天還走在太武山、忠烈祠，軍魂如魔，在那兒幽幽放光。

金門有戰爭、有僑鄉、有宗族、有閩南建築。既汪洋恣肆又細巧精緻，那色彩、那氣息、那畫面，總能躍然多姿；重要的是金門人情濃郁，增加了酒菜香味。在偶然的一個機緣、一個夜晚，我發現了你。

# 北山有座古洋樓

浩浩乎平沙無垠，夐不見人。
河水縈帶，羣山糾紛。
黯兮慘悴，風悲日曛。

——李華〈弔古戰場文〉

曉晴老友知道我要到金門，向我述說她在民國八十多年一次驚魂記，在迎賓館遇見了英魂。她去古寧國小作教學演講，之後參觀李光前將軍廟，晚上入住迎賓館；半夜的房門突然「喔伊——」自己打開，她起床關上，沒多久房門又自動開啟，她以為門壞了或是對面的老師要來送東西，走到門廊，對面並無聲音，只好搬沙發抵門，那晚她睡不著，翻來覆去聽到貓異乎尋常的叫，繼而狗也在悽厲的吠，她悚然惶然，三點才睒眼。她叮嚀並警告我，到了金寧鄉，儘早回民宿。她說：

「我去了一座古樓，照出來的照片，人頭是黑的。」我不信邪，她分析著：「妳想當年古寧頭戰役、不停歇的砲擊、槍戰，國、共兩軍歷經激戰，造成數千亡魂客死異鄉、附著在金門，成了徘徊不去的孤魂，祂們不斷糾纏著百姓，以致於交戰地區處處可見祭祀祂們的小廟。」她強調說，金門雖然有魅力，卻有危險。

我獨自去了李光前將軍廟，又看了北山播音牆、北山斷崖，此時黃昏陰冷、北風蕭瑟，心裡唸著老友一再叮嚀，不宜逗留，我急急返回。

騎車時，眼角飄過一座破破爛爛的樓房，我不敢停留，還是馬不停蹄向前行；繼而過不了心中好奇的坎，不顧老友的警告，折返回去求證。看見兩位年輕女孩在路邊正要騎車離開，我馬上趨前請問，說：「這兒有座古洋樓嗎？在哪兒？」

「古洋樓？不曉得。」

另一女說：「我們是來住宿的，北山有許多老屋改成民宿。」接著「啪啪啪」的騎車揚長而去，我這才自己找路。

年輕人覺得戰爭既遙且遠，跟她沒關係，年輕人是來玩景點的。

終於找到古洋樓，我倒抽一口氣，它矗立於北山聚落入口高處，兩層樓高，大如一艘船艦，傾圮的屋頂，全身密密麻麻的彈孔。其實整個建築群是由閩南二落大厝和西式洋樓合成，左護龍是鋼筋混凝土的疊樓，他護住了後面只一層的二落大厝。護龍莊嚴精雕、氣度不凡，像一位歷經滄桑的老將軍，滿身傷痕，我驚心他傷得那麼重，卻依然屹立。二〇〇五年，二落大厝修復成背包客棧旅店。是了，這就是曉晴所說的古樓了。灰水泥牆打出眼睛似的大白洞、小白孔；灰水泥牆破成圈洞、破成條柱，裸露出裡面紅紅的磚，那層層的白灰、年歲的黑灰、黯黯的慘紅、青黑的暗紅，從牆的四面流出來，我不由自主沿著牆面四壁走一圈，難過的想檢查槍傷的不同、觀看槍的子彈打的樣貌。我傻傻的邊走邊想它們經過七十年風霜，色澤變得更滄桑，風吹雨打更頹敗。現在，所有窗戶皆被紅磚層層密密封住、密不透風，十二個窗戶像是嚇傻了，被攝下封口令，不能說出當年槍砲齊發的慘，不能說出槍彈射擊的痛。

我彎進對面鎮東宮，幸運的遇見廟公，他看我很關心此洋樓，侃侃而談：「三十八年十月二十五日的三天，它曾經作為共軍的團指揮所，它居高臨下，國軍一定要奪回，兩軍上刺刀白刃肉搏，死傷了百人。」他指著對面牆上歷歷在目的槍痕。即便現在，倒塌一半的面牆依舊大小彈孔驚心動魄，可見當年巷戰之慘烈，彈孔、槍孔，像別在胸前的勳章。

後來，他又說了一故事：「最後的一日，共軍二五一團的團長劉天祥已被俘，於是，我軍勸降在屋內的營長、副營長、連長，並告知戰況，勝負已定，毋需頑強抵抗。但這三個人堅定不屈，最終，他們在地下室自盡。從那時起，鬼影幢幢、夜裡會聽見槍戰聲，那時候，當地居民在每對門前都貼上符咒，以免受到軍魂侵擾。」難怪曉晴會說照出來的照片，人頭是黑的。親臨現場，彷彿還能聽見槍聲從我耳邊呼嘯而過。

或許當年戰況慘烈，這裡來不及清理橫屍戰場，未能讓戰死者得以安息。

八二三砲戰後，古洋樓內駐紮的部隊是運輸連，及至五十九年仍駐有部隊，之後部隊都撤走，這洋樓也成了鬼屋。鳥是不怕鬼的，槍彈口成了鳥媽媽築巢的天堂。小彈孔也成了蚯蚓、馬陸、蜘蛛、蜈蚣、昆蟲的家，再過幾年，小朋友也不怕鬼，紛紛到裡面找鳥蛋吃、抓小鳥玩。

這座樓建於民國四年，洋樓建成，是當時北山地標，最高的建築之一。由菲律賓經商致富的三兄弟——李金魚、炎芽、天祝共同出資，原是為光前裕後，光耀祖宗、富裕後代，照顧老母之用；其孺慕之情，映在時間的瑰麗裡，日據時，三兄弟也不敢回來，只有媳婦在照顧著婆婆，居於此樓。

戰後至今，菲律賓三兄弟一直未回來處理圮毀的洋樓。最近，後面二落大厝修復租成背包客民宿。我進去參觀，洋樓有厚重的紅牆、精美的石雕、瑰麗的琉璃瓦，顯現了當年蓋樓的匠心獨運。我走到中庭的天井，陽光溫暖灑下，絲絲光線照映在紅牆上，日影柔柔映紫薇。經過允許，我又爬上陽台，俯瞰北山。北山已成小聚落，人口外移，戶數今非昔比，燕尾石牆的紅磚古厝或破或倒，疏疏稀稀而非層層疊落。

效法古人登高而望遠，思緒為之清明，我想到：這座出洋致富而蓋的洋樓，突如其來被戰火紋身，正如九百餘年向來漁耕的浯島，突如其來捲入砲火中；致使金門人被迫變成「傳奇人物」，金門人背後是漂泊與孤寂，他們和歷來宗族人的命運迥異、渴望迥異。

這座樓是戰爭美學的遺跡，它有插入雲端之美，是槍戰彈孔夾縫中的奇葩；它是一份瑰寶，見證歲月的更迭。我幸虧折返來細看，感受那份心驚，它是一份沉重的遺產，不朽的戰爭烙印。

走出洋樓，我又問了對面宮裡的廟公，村民祭拜主神玄天上帝是否可以阻煞英魂？他點點頭。每年農曆七月初八，他們會在村前路祭國共兩軍英靈，供上豐盛祭品，畢竟，共軍死亡三千多人，許多共軍部隊或許在大陸，還歸屬國軍；村民們代代相傳，長久以來都有路祭。我不禁趨前虔誠地拜了「玄天上帝」，又祭拜副神廣澤尊王、三太子，求其保佑英靈、民眾。

走時，再回眸看看這樓。它如守護者，銘刻著守護台灣的印記，在小島上，沉睡著，透露著多少歲月的烙印。它像一盞照亮過去的明燈，看盡生死，鞭撻力道深刻，在幽幽發著光。

洋樓飽含浪漫與哀愁，它是站出來，唯一向我們報信的人。當夜綻放如花，戰爭能不流血的嗎？寓淒美於悲愴之中，有一隻白鴿飛過。

# 尋找心中一點紅

「一點紅」是漂亮的野草，開得滿山遍野，我們叫它紅頭草，孤枝草莖上開出綠蠟燭，燭頭上卻結出一個個小紅點的花朵，吐著小紅舌，迎風招展，像女娃的小頭冒出，惹人想摸一把的愛憐。小時，我會蹲在地上看上半天。

來到古寧頭，一點紅不是植物，變成了海岸線，出現在地圖上、影片上，還分「東一點紅」和「西一點紅」兩個名字，是西北角綿亙的沙灘。

「一點紅」海灘在那兒？潮汐拍打浪花，想東一點紅拖曳到西一點紅，到底在哪兒？在哪兒隨潮汐一呼一吸呢？此地會長出一點紅草嗎？

地圖的東一點紅橫跨在嚨口沙灘，戰場沙灘為之一紅？我好奇，請教文史工作者，他說：一點紅應該戰後才有，或許是軍方命名，百姓不知，我肯定地名就是血染戰場之意，像綠蠟燭頭上結出紅點的植物，染血的紅。

帶一點紅的地名，讓我極不安穩。於是探索。騎到瓊安路找嚨口，想一探秘境。我知道民國三十八年國如累卵，共軍乘勝攻打金門，此是爆發古寧頭戰役的第一站。

我循著堡山路來到瓊安路的嚨口，邊騎邊想：七十年前的十月二十四日下午，國軍適巧在嚨口舉行聯合部隊演習，一台M5A1戰車陷在沙灘動彈不得，直至夜幕低垂仍無法脫離，當時天空一片漆黑，於是另兩台留下警戒。楊展排長看到海面上發射了信號彈，以及共軍大量的機帆船和機槍攻擊，下達了一個最簡單的命令「上車，馬上打。」熊震球砲手馬上發射，竟打中解放軍的彈藥指揮船，砲彈的高熱引燃了塗著桐油防水的船帆，海風助長火勢燒到其它帆船，火勢一發不可收拾。射出的砲彈，照亮海面，看見共軍數千人像黃蜂一樣衝向海岸，三輛戰車正好堵住他們在沙灘的去路，一路輾壓敵軍死傷慘重，沙灘為之一紅。我想這大概是「東一點紅」名稱的由來。

但是，千人火海，明明血染海面，又偏偏用一點紅代替。染血又隱晦的帶一點點血，這地名何意？表示這裡曾是沙場，又不涉理路，不落言筌，留後人想像空間？定此名必是軍中高手，或自古有之？這帶血的地名吸引我探尋。

我騎車進入嚨口村莊，路乾淨無人，沿途有綠樹成蔭，但找不到通往海邊的沙灘路。找到「嚨口秘境民宿」再詢問，原來，往前走，過了「嚨口秘境」，就見到「東一點紅」石碑，大石上果真刻著腥紅四大字，帶血，往右邊小路直走就到沙灘。下款落了「班超部隊」。

班超部隊已撤班，從嚨口秘境民宿人得知：后沙到嚨口是平坦的泥灘，嚨口到東一點紅有礁石，東、西一點紅之間是泥灘，西一點紅以西還是礁石。「一點紅」的地名與褚紅色貓公石有關，指的是北山至嚨口間貓公石長海岸，我走了一圈，這邊的貓公石果然是紅黑色，不禁啞然失笑；原來和木柵貓空河岸、基隆暖暖、野柳一樣，經過數千百萬年時間的風化侵蝕，岩石表面是蜂窩狀坑坑洞洞的麻臉，所以居民就以貓公（閩南語）來稱呼這些石頭。站在湖南高地，十二點的位置，大嶝島以東稱東一點紅，大嶝島以西稱西一點紅。

這沙灘平緩，有三個操場這麼大，沿東一點紅的海岸，是養蚵的主場地，而與海岸相連的沙崗地區，也因戰役至今還鮮少耕種。相傳戰士紀念碑一帶就是當年斷魂無數的共軍所在，至今還有靈異事件頻傳。

原本，東一點紅海岸線是野戰砲固守的碉堡據點，如今人去堡空、兀自孤獨。空蕩的碉堡年復一年的浪打孤寂，唯有遠處軌條砦陪著，尖刺的瓊麻在碉堡上睡著，徒留許多射口張著砲嘴，在問何時再戰？

看到了東一點紅，我與致高昂的繼續找「西一點紅」。西浦頭的文史工作者曾表示，「西一點紅」在沙崗的海邊，地圖未標誌，路不好走，他至今未去過。我再請教「陣亡將士安奉協會」的楊松發理事長，他說是在林厝和安岐之間，並說：「古寧頭戰役戰到最後一天，海軍、空軍都奔赴伸援，致使陸軍士氣大振；而共軍此時已彈盡糧絕，殘部遭到追擊，被逼至北山斷崖的沙灘；但，運兵船不是擱淺，就是遭摧毀，共軍千餘人只能在沙灘上集體投降，古寧頭戰役至此大捷。」

人們用地理命名的古老智慧永在。七十年後，我來此憑弔，古寧頭戰史館前展示的「M5A1 戰車：金門之熊」，砲管高舉，至今還舉向七十年前的天空。砲管好像在說：沙灘依舊在，浪花淘盡夕陽又紅。

尋尋覓覓一點紅，尋找「東、西」，也在尋找心中最柔軟的部分，那一點點的紅。如今一點紅碉堡，都有三層軌條砦看守，潮汐如常的一呼一吸，在我心頭上，寂寞「沙灘」冷。

# 天陰雨濕聲啾啾——撿骨行動

蓬斷草枯，凜若霜晨。鳥飛不下，獸鋌亡羣。
亭長告余曰：「此古戰場也。嘗覆三軍，往往鬼哭，天陰則聞。」
傷心哉！秦歟？漢歟？將近代歟？

——李華〈弔古戰場文〉

「沒有這一頭熊和烈士的遺骸，不會有今日的台、澎。」

這是楊松發指著他家桌前過世熊震球伯伯的照片，很感傷地說出內心肺腑之言。我親自前往西浦頭拜訪了他，他又說：「熊伯伯九十高齡走了，他生前念茲在茲，當年古寧頭戰役一星期後，推土機在安岐聚落後方靠近海邊方向挖出一條條壕溝，每一條壕溝掩埋了兩三百具遺體，作業持續八九天才完成。熊伯伯一再交代，如果有機會撿骨安奉，一定要妥善的處理。」

楊松發綽號阿發，是「金門戰役陣亡將士安奉協會」理事長，他粗壯憨厚直爽，我認識了他，在他家桌前的照片是熊震球，他是古寧頭戰役的大英雄，照片上他是坐輪椅在古寧頭戰史館「金門之熊」戰車前所拍，令我印象深刻，當年他才十八歲，如今一晃已過七十年了，潮來又潮往，回到台灣，戰役遠渺，更是絮語。

有一群金門人不會讓煙硝飄成絮語。

楊松發驅車帶我走進一處農田，田中有隆起一平方尺的草叢，插著一根根鋼筋，短鋼枝上再倒掛一個個寶特瓶，我奇怪的問，說：「這隆起的草堆插上鐵條是什麼意思？」他說：「這隆起的草堆下面都是古寧頭戰役陣亡者的遺體，特別作此記號，是為了在耕耘機鬆土、整地、養地或耕作時，應繞道而行，以避免不小心挖到陣亡者的遺骨，而干擾到地下英靈的安息。」我問他這標示，現在有多少處？他回答，說：「當年農民皆採取淺埋法，撿成一堆，現有大約有四百多堆戰士亂葬坑，多年來，鄉民心懷敬畏，希望好兄弟能安息，保佑居民平安，所以都不敢動祂們，於是做了記號，提醒農夫耕種時要小心。」

他接著又轉述他父親的話：當年戰況慘烈、屍橫遍野；國軍花了八九天「清理戰場」。戰地從后沙、嚨口、觀音亭山、安岐到林厝、南、北山等地，方圓是四公里乘以四公里共十六平方公里。時間正逢農曆九月「秋老虎」，屍體大約八天就會發臭腐爛，於是，軍方就只能就地掩埋，快速填滿池塘、古井、土窪。他父親還說：「古寧頭戰役後的那半年地瓜長得特別肥大，我們都不敢吃。還有安岐附近的山灶村突然爆發鼠疫，蔓延快速，村民都只能搬離家園，山灶村就形同廢村了，恐怖至極。」

對戰地居民來言，戰爭最大傷害不是鼠疫，而是靈異事件的傳聞不脛而走。走訪了戰地，經常可聽到居民夜不安寧、心生恐懼；而有精神敏感的女性或小孩會比較嚴重，戰地常常發現小小的「將軍廟」就是居民遇到事情處理後為求安寧所蓋的。

他又驅車帶我去看東堡溝古井，通靈人士感應到古井裡有二十三至二十五具遺骸，旁邊有「軍爺墓」，每年村民都會幫軍爺墓燒冥紙祭拜；而古寧頭，還蓋有大大小小的軍爺墓，即因當年把國共烈士草草埋葬於糞坑、水塘中，故每年農曆七月初八，古寧頭村民齊備豐盛菜餚，席地虔敬「路祭」官兵，撫慰長眠地下的兩岸英靈。

回程，他邊開車邊說：「在下后垵，有一座小廟，埋葬的是一位國軍士官長的孤墳，等一下我們去參拜。各村的軍爺墓都是村裡耆老交代下來，年年要祭拜，耆老們都參與了埋骨，子孫對長輩交代的事都會一一聽從。」

最有趣的是匪諜案件，他又說：「古寧頭戰役前，共軍已派匪諜潛伏至山外村，當時接獲情資，查獲敵方派來的情報員數人，經確認無誤，我方槍斃了以白班長為首的五人，埋在山外郊區，所以山外村後來被稱為匪諜村。後來白將軍居然託夢給當地村民，希望蓋一座廟，蓋好，稱之為白將軍廟，兩岸交流後還幫祂們找到大陸的親屬。」

知道越多，楊松發就越發心不安，認為每年都在慶祝古寧頭大捷，卻很少人想到先烈曝屍荒野、風吹日曬。我遂問道：「撿來的遺骨可安奉在太武山公墓，公墓已公園化，方圓皆有空地，多好！」

楊松發回答說：「這我都已查詢過，官員說不成！因為戰地的遺骨已分不清是共軍還是國軍，而，根據規定，太武山是國軍忠烈公墓，依規定不能祭祀共軍。」又說：「但是，以前就可以。民國四十九年大二膽島戰役，共軍有五百人來襲擊，最後，有三百人陣亡、兩百人生還，他們三百人的遺骨卻葬在金門烈嶼的『烈嶼軍人公墓』。以現在的局勢，敵大我小，台灣更不該自我設限，格局不能太小，畢竟，我們只求和平啊！」他苦笑道。

因此之故，他只好發起淨土、尋骨、撿骨，成立「金門戰役陣亡將士安奉協會」被選為理事長。用「真心」和「經濟」四個字創立此協會，十年來認真募款，希望早點啟動撿骨行動。

而政府官員卻引用胡璉著作《金門憶舊》的話來搪塞，說早在四十二年軍方就已完成古寧頭戰役舊塚的遷葬移靈，在太武山公墓已蓋起三座千人塚，現今其他土地裡即便有當年殘留戰士的遺骸，應該也只是少數，不是四百處吧？如今之規定就算要完成撿骨，必須符合相關殯葬法規，靈骨塔的安放地點也要考量當地村民的感受。金門縣政府說金門地質淺薄，現在要挖兩公尺、八公尺嗎？況且陣亡戰士已沉睡七十年，應不宜打擾為宜。

陣亡者已去逝多年，確實不宜打擾，因為每一次挖骨移靈都需作法事。古寧頭戰役雖遠颺，戰死的英靈也不甘心客死異鄉，戰地居民日夜活在恐懼裡，遇到軍魂的事情只能蓋將軍廟來祭祀，以求自保，這是多麼卑微的小民啊！我敬佩他們「安奉協會」能自力更生，每次累積小額捐款，已有新台幣一百五十萬元做為撿骨祭拜之資本，並已購置了四個貨櫃及四十個骨灰罈，因為放置骨灰罈需有場地，經查詢購買土地經費需要四百到五百萬元，至今卻苦無資金購買土地來安置骨灰罈。

戰役後七十多年的黃昏，我騎車經過了農村看到了玉米、高粱田，多麼希望能感應到戰死英靈之冤與屈。慈湖泛著淡淡的漣漪、雙鯉湖透明如鏡，走了兩趟還是感應不到英靈之訴說，只看到路邊田裡有一座墳地，我不知是不是農地祖墳，卻願意相信為田裡好兄弟「留一線」，好心農民留田作墳。

我知道古寧頭戰役戰地的宮廟都會擴大舉辦超渡法會，以超渡陣亡將士的軍魂；每年農曆七月八日左右，各村的村民也會舉辦路祭、海祭，擺上豐富供品，祈求祂們能保佑村民一切平安。

陰雨濕冷天，我，一介台灣來的女子，不顧風雨濕冷尚且獨自前來太武山公墓祭拜為國戰死的英靈，心中執意一念，不必說出。我先前往有八百年歷史的海印寺，俯看太湖池水依依、料羅灣海天一色，請觀世音菩薩及海神保佑亡者安息。在大雨滂沱中，又去太武山公墓祭拜。

我體會戰場遺留太多烙印，我感受那份心驚，望見遺骨的荒蕪和悲傷，剖開兩岸疤痕，重拾七十載憂傷。祈願天陰雨濕時，亡者不再聲啾啾。

# 李光前

老兵王誠伯伯九十五歲了，當年是二十二歲通信兵，最愛講古寧頭戰役，事後拜訪他，他說的和正史相似，而，我被他的古寧頭記憶、軼事感動良久。

「我隸屬十二兵團，奉命從廣東來金門增援，民國三十八年國軍節節敗退，退至福建、廣東，當時蔣介石還在四川，台灣省主席兼東南行政長官陳誠在台灣坐鎮指揮。有情報顯示中共第十兵團所屬的三個團拿下廈門後想乘勝追擊，他們九千多人乘各型船隻近二百艘將自福建蓮河、大嶝等地啟航，進犯金門。古寧頭戰役是廣東、福建、台灣多方軍隊來會合的，我十二兵團根本還沒來台灣，就由潮州開拔走路到汕頭，當時我們新兵都還穿著家常服，無軍裝可穿。決定由十二兵團增援，我們就在廣東汕頭打劫了一艘南洋商船，在海上漂流許多天，船上只能坐著，人太多無法躺下。十月二十二日到了金門外海，十月二十四日終於登上金門本島。夜間，共軍第十兵團三個團九千多人果然來犯。

國軍趕緊構築坑道，借老百姓的門板、墓碑，木柴加強野戰工事。徐蚌會戰之後，我們的戰車都被打光了，三十八年一月在上海接收美軍的 M5A1 戰車二十一輛，它們來自美軍棄置於菲律賓叢林報廢的車輛，經過一個多月整修組裝後，隨國軍撤退來台，又移防到金門，十月二十四日戰車實施協同演習結束返營，深夜，共軍對金門發動攻擊。隔日凌晨二時，國軍由島北海面砲擊，並出動『金門之熊』M5A1 戰車。共軍原本想在大潮時，攻打中間段，可截斷我們的運補，但潮汐沒算好，漂到嚨口、古寧頭附近登陸，因為不了解金門潮汐的漲退，全部船隻都陷困海灘，此時國軍砲火猛轟，共軍死傷慘重。餘下共軍四處逃竄，遭國軍攻擊。國軍陸海空都出動了。李光前團長看久攻不下，他為鼓舞手下士氣，一馬當先，就帶頭衝，結果犧牲了。雙方先是火力戰，槍、砲齊來，最後子彈耗盡，變成短兵相接，發生巷戰，甚至白刃戰、肉搏戰。直到十月二十六日上午十時許，共軍全部被肅清。

擊斃共軍六千多人，我軍陣亡一千兩百餘人。死時看出共軍他們打仗一人背一袋米，老百姓說共軍要菜園的菜，還會跟他們買。」

王誠伯伯又說：

「這次戰役激戰三晝夜，共軍最大失策在於金門海岸地質多變，潮汐海象有變，使得兩百艘船困在淺灘挨打。他們輕敵，以為金門只有島上駐守陸軍，殊不知海軍、空軍早準備前往增援。而我方最得力之處在於：情報正確，超前布署，制敵機先。美軍支援我方M5A1的戰車二十一輛可制敵，用履帶輾壓敵軍，逼迫共軍停戰。當時雙方武器都舊且差，醫療設備明顯不足，醫藥欠佳，傷兵拖延致死的很多。戰後，整理戰場遍地屍橫，陣亡國軍運到太武山，一人一坑埋葬，在當時甚至連草蓆、被單都不可能。共軍屍體則是就地掩埋，二、三人一坑或三、四人一坑，甚至田間的灌溉深井也被填滿了屍體。」

其實，李光前本人非常仁厚。在江西帶四十二團時，他手下的通信兵，幫他拉電線，電線拉好、試機，已有鈴響了。李團長桌上放了幾塊大洋，就馬上問他要不要拿幾塊去，當時一塊大洋可以換兩百二十個銅板呢！李光前還看到他的鞋子破了，腳趾頭露出來，就馬上打電話給補給士，要他送兩雙鞋子過來。李團長戰死了，通信兵想到這些事，不禁悲從心來。

胡璉將軍在追悼李團長殉國二週月的追悼文中說：「在予治軍的經驗中，總覺得青年將校的威嚴太甚，溫情太少，使部下每受軍營冰冷生活之痛，屢經告誡，但收效極微，常引以為憾。民國三十六年七月南麻大戰之後，予和李光前不期而遇於傷患醫院，那時光前任營長，予目睹彼對其傷患官兵溫慰備至，而態度熱誠親切，尤其難能可貴。」

我想胡璉將軍他一定很有感受，對他的犧牲非常惋惜，和通信兵的感受一樣。光前身前如此，死後對蒼生悲憫之心亦然。

戰後西埔頭發生一連串靈異事件，繪聲繪影之事時有所聞。深夜會聽到部隊操練、貓犬嚎聲不絕、農家豬隻不食，整窩小豬仔全數疾斃。村民只能請示神明。女乩身開示道：「地下遊魂太多，敵、我軍不分，常打架生事。」村民先在村子東北角廣場祭拜亡靈，希望最高階李光前團長出面整合陰間部隊，經乩身傳達，果然地方安靖。為了感謝李團長神佑亂象，西浦頭人合力在海埔新生地，建造了一座泥瓦小廟。

此廟的位置和古寧頭雙鯉湖邊的風獅爺遙遙相對，古寧頭人認為其沖犯到石獅爺，趁著夜黑風高，幾位大漢手持工具，三兩下就把這個廟夷為平地。後來參與拆廟皆無善終，以兇歿、發癡終、下大獄者皆有之，沒有了廟，祭祀就在陣亡處原地重蓋。當時這裡是一片木麻黃，要蓋廟需砍除木麻黃，戒嚴軍政期間，是不許砍伐任何樹木，村民一籌莫展。此時神奇之事出現，蓋廟預定地的一片樹林無疾而萎。村民移除枯木，五十八年透過高府王爺的乩身傳達蓋廟心意，順利集資建蓋五坪大的泥瓦廟，名為「軍府萬興宮」。

後方的據點是金西師湖南旅安歧營的西浦頭連，常有士、官兵前來做義工，整理環境，這時，李團長的金身是古代武將造型，建擴大為紅瓦廟，廟名也更改為李光前將軍廟，同時重新做了一尊身穿現代軍服的將軍神像，此後香火越加鼎盛，神威遠播全島、傳遍中港台。

附身於火蟠的周班長要求建廟，他們軍階低，卻有一位畢業於中央軍校曾擔任過連長、營長、團長的高階校官李光前，也希望村民為他建廟；鬼神為何無論低高階，皆要村民為他建廟呢？

有了供奉、祭拜，鬼靈會修成正果，引導祂到正途。藉由溝通奉祀，互相提升靈性、互相修持，李團長越來越靈，昇華而超凡。六十五年又擴建，落成後，香火一直鼎盛，才成立西浦頭光前廟管理委員會，廟越蓋越大，大家奉之為「金門守護神」，祂看得見金門的現在和未來。

李光前生而為英，死而為靈，威靈顯赫，有求必應。以前金門軍人當兵兩年，心靈安頓很重要，阿兵哥都會到此祭拜，祈求軍旅生涯平安。有一位退伍軍人，每年都來祭拜李光前將軍廟，他結婚、沒有子，李光前給他一子，這個娃子調皮、搗蛋，軍人會請祂來修理祂的「子弟兵」，讓他用功一點，後來考上台大，之後又去讀陸軍官校，此「子弟兵」有武德，最後升了將軍，李光前將軍庇佑了很多人。

兩岸分治日久，金門接連發生多起怪異的事，原來是「地下」國共老兵也想回家，因此，金門隆重舉辦「啟運慰靈法會」。

七十三年第一次西浦頭李光前將軍廟辦「軍民水陸法會」，辦得非常盛大，從法會謝禮、獻敬、拜斗、造橋過限、迎斗燈的儀式，表現添壽補運，天地人和諧。

軍民沿路送到海邊。

每次法會前李光前將軍廟都會佈置六張供桌，堆滿了信徒們陳列的供品。三位道士念經超渡亡靈又放焰口法事，接著念完施食，吹起號角，請有情眾生享用供品，六張供桌無風自動，就「喀拉喀拉」上下跳動不停，超出想像，來這麼多人，根本擠不下；有通靈的人士，看見好多人影來搶東西吃，霹靂啪啦是搶東西推擠的聲音。法會前招待台灣桃園來的道士，和香港來的乩身，這兩位通靈人士很敏銳，走到將軍廟就覺得一陣冷；香港乩身走到這幾處插有鋼筋的亂葬崗，沿路就一直起雞皮疙瘩；走到李光前將軍廟會看到好幾個小朋友，看起來是十三、四歲戰死的英靈；後來又前往太武山公墓還是感覺很冷，走了一圈，身體才慢慢暖和起來。台灣和香港都沒有真正發生國共內戰，他們來到金門感覺特別敏銳。

祭拜的宮廟、也有分香或分靈廟。就像「李光前將軍廟」正前方大約兩百公尺處，也出現一間「昭忠堂辦事處」，負責人是莊永才先生，在八〇年代做過西浦頭李光前將軍廟管委會總幹事多年，後委員會改組，他也就沒在擔任此職務。

莊永才對民間神明原本就有興趣。七十二年六月六日他們夫婦要搭 C-119 運輸軍機到台北辦事，因莊永才妻子候補未補上機位，他也就放棄，不搭那班機。沒想到那架「老母雞」起飛不久就在料羅灣海域失事，三十三人死亡、五人失蹤。他當時是李光前將軍廟總幹事，自認是李光前將軍保佑，兩夫妻才得以逃過死劫。

八十一年配合戰地政務解除，莊永才負責主辦李光前將軍「第二次水陸超渡法會」，法會規模就小多了，為了有個名目、有一個地方舉行法會，「昭忠堂——李光前將軍辦事處」特別恭迎一位台灣的通靈人士，前來主祭。

但在九十三年配合開放大陸探親，為李光前將軍在內的亡魂舉辦水陸超渡大會，讓祂們能回大陸探親，但沒想到法會完後，莊永才受到李光前將軍的託夢表示廟中有許多戰死英靈，空間已不敷使用，後來李光前將軍更直接降乩，表示自己在廟中沒有位置了！於是，莊永才在隔了一條馬路的對面，再蓋一間「昭忠堂」。

莊永才是已退休的金門縣稅捐處長，位於慈湖農莊的昭忠堂，一磚一瓦募集而來，莊永才對土木不外行，懂得建築蓋屋，所以他就一磚一瓦，自力建廟。

莊永才一再向李光前將軍燒香叩謝，自此奉為弟子，莊永才並不是李光前將軍的乩身，他只是一個通靈者。兩者的陰陽契合、互相應許。主廟分靈多一間自然是好，莊永才很尊敬李光前將軍，他擲筊，幫李光前蓋了一間小廟；萬分艱難地在馬路的對面，依照他心中的想法來蓋廟，有人發心捐水泥、捐磚塊，一磚一瓦默默砌作、始成其事。聽說台灣的信眾請香火返台供奉，新北市土城區也有李光前將軍廟的辦事處，也請了李光前的香火回台供奉祭拜。

莊永才蓋廟之後，潛心修行，慢慢的他通靈功夫越來越強，莊永才說六十五年玉皇大帝降旨將李光前將軍升格封為正神、升為神明，信耶非耶？我的朋友陳經理在金門開工程公司，他的工程師傅連續都說晚上被鬼壓床，他們睡不好，陳經理不信邪，就訓他們，說：「我每天睡得很好，都沒事，你們怎麼有事？」說完這話，後來接著三天，他都感覺有人半夜在掐他的脖子，讓他無法呼吸。油庫工程剛打好地基，油庫像房子般大，明明立好，隔天就垮了，工程師傅都不敢做了，要回台灣，他們認為是有鬼魂在作怪。工程公司沒有了師傅，如何繼續施工呢？陳經理只好以報臨時戶口為由，保管他們的身分證。陳經理本來是拜觀世音菩薩，也只好找通靈的朋友來幫忙。

於是，他找通靈的朋友莊永才先生，他深信莊先生通靈能力，且曾做港務處處長，是一位謹守分際的公務人員，就找他幫忙；莊永才叫他留下一件舊衣服，幫他做了法事才化解此難題。因為莊永才解決了陳經理難題，陳經理於是每年都會在十月二十五號李光前逝世日前來祭拜，陳經理也因此走入修行之路、日日修持入定，漸漸理解禪修，漸漸也會看到有一堆李光前將軍的部屬前來享受祭拜供品。

一〇三年十一月，李光前將軍廟信眾敬獻給神明的金牌不翼而飛，警方逮捕大陸江西籍江姓疑犯，終於供出贓物下落，並帶著警察在一處海濱公園岸邊的石縫裡，取出已被砸成一團的金牌。「什麼人如此膽大包天，竟敢太歲頭上動土！」警方前往調查時，李光前將軍廟的乩童忽然起乩，並轉述「將軍」神諭：竊賊「非本地人」、「很快可以破案。」果然，金門警方依據監視器、現場鞋印等跡證，就在當地一間旅館將來自江西省的江姓疑犯拘提到案。

除了李光前將軍廟昭忠堂每年會舉行做醮外，同時每隔幾年也會舉辦一次水陸法會，以超渡保家衛國而英勇犧牲的軍魂。

一〇八年之所以會舉辦水陸法會，起因是中山梅花黨利主席。梅花黨主席利宇璇她又有一身分是宮廟主持。經過扶鸞神明的訓示，一定要超渡金門軍魂，接到神明指示後籌劃三年，從台灣邀約了二十六家宮廟，於八月二十三日來金門辦「兩岸先烈軍魂圓融和平會」，李光前將軍廟最重要，故列為首站。

法會前一天，楊松發先生開車帶利主席參觀金門，有三、五匹馬在路旁吃草，當轎車開過來，有匹額頭有白色十字星形符號的最小棕色馬，自己跑到轎車前擋住車，朝他們點了三個頭，就是三鞠躬的謝意，然後才走回去，當時利主席坐在最後面，有一位小妹坐楊先生旁，當時錄到了影像；三人目瞪口呆，顯然是神明顯靈了。

梅花黨在金門訂了華麗的紙法船三艘，法船內載滿了金紙，命名為中山梅花慈航一號、中正梅花慈航二號，這兩艘法船都到了，但是太康艦遲遲未運至，眼見黑雲聚攏，天空即將黑雲密佈，要下雨了，而海潮也漲起，大家決定將慈航一號和二號先下海，法船是紙板夾做的，法船放到海中載沉載浮，慢慢融化。

利主席乃通靈之人，這時利主席兩手高舉，喃喃向諸神祈禱，她說：「祈求英靈保佑，賜福平安，此行順遂，希望第三艘法船能趕快運來。」

念拜之後，果然潮水退了，當地人都覺得很神奇，而且法船也運來了。

一群斑鳩原本在高粱田覓食，看到第三艘法船來了，斑鳩就沿路飛過來打頭陣，帶著法船一路護送而來，及至太康艦融化西沉。

我參訪李光前將軍廟，堂皇莊嚴、龍柱通梁雕工精美，我也認為宮廟是越多越好，參訪完李光前將軍廟又過對街參訪昭忠廟。我凝視著昭忠堂如高聳官帽，白牆黑瓦，如一根高旗矗立在晚霞裡，屹立在風沙中。

我見到莊先生夫人，說他三年前知道自己陽壽盡了，故清氣飄然而逝，廟仍屹立，但其夫人將此廟門鎖住已進不去，認為人神殊緣已盡，如今莊夫人有子孫陪伴，在安享天年。我站在門外，不忍離去，回望它依然高挺佇立，如莊先生本人的初衷依然挺立，想必數月經年坍塌時日不遠，他日再訪，瞻望弗及，我肅立良久，掩面傷悲。

無論莊先生、陳經理，皆以善為本、以愛為終，能看透生命，不中邪道，在快速變化的時代，因廟事而參透。募款火嬸沒讀過書，莊永才先生是知識份子。兩人卻同樣通靈為神明服務，但各自修持、人靈共生。莊先生蓋小廟為李光前將軍辦事二十多年；募款火嬸為建廟、至今為神明服務三十六年，兩人皆求得內心自在。

金門戰時百姓生命自有韌性，高階與平民，一旦被宿主附身，心身自是百轉千迴。修持，體驗，感應，堅定。

我感嘆當年戰役：遺體掩埋倉促，分不清孰是孰？戰車壓來敵我不分，多有白白送死，兩岸應共同同情英靈。兩軍英靈皆託夢蓋廟，祈願在天上不分兩岸，皆能和平共處。

李光前將軍承接天命，又得到風水，方能享受四方的香火，濟世辦事，造福鄉里，藉此功德，提升修為，圓滿果位，這是祂一生的使命。

陣亡將士是靠人間的香火，被人間的人想念而存在。鬼神要吸香氣、味道，為村民辦事以提升自己的靈性，沒有接受祭祀與辦事就表示李光前將軍不存在，有人祭祀，才能提升李光前將軍的功德，人同此心，心同此理。李光前將軍也和村民相互扶持，一起修持，生人、鬼魂都心存善念，與人為善，修成正果。

李光前將軍在高處俯視鄰近兩廟，經年累月，廟起廟落，想必了然，廟也是各有宿命。

李光前將軍廟堂皇傲立，海內外皆來祭拜，李光前將軍揹著人世的哀戚、內斂自持，七十年間，上天下地審視著蒼生的無助。鬼魂如神，給蒼生憂悲苦惱指引方向。

# 揹著忠烈祠的火熿

每一個角色，都有她的心路歷程，在那邊曖曖含光。

人的一生，受到成長環境的時空影響。而，冥冥中的天命和當時的機運又密切相扣。古寧頭戰地之人都知：戰爭來時，無人可逃脫這鎖鍊，只能勇敢的面對。然，其實人人頭上都被時也、命也、運也三柄利劍所束縛；這三個緊箍咒把戰地百姓一一縮緊掐扣。他們只能儘量做到知天命、盡人事，祈禱有好的機運，可以平安渡日。因為，和歷代祖輩同樣的營生過日、種田下海，誰會料到無辜捲入一場戰役，戰後的軍魂卻讓居民辛苦了一輩子？

古寧頭戰役結束，國、共兩軍陣亡約七千人待掩埋，國軍動員村裡壯丁搶在一週內處理完畢，以免發生瘟疫。於是，壕溝、糞坑、水井、池塘中皆滾動著、草草掩埋的遺體，這顯然沒有尊重為國犧牲的將士。

不受尊重的英靈，如何讓百姓知曉？深夜，戰地可聽到操演聲、集訓聲、唱軍歌，居民心生恐懼、夜不安寧。即使祭拜玄天大帝、地藏王菩薩也不足以鎮煞軍魂，即使中元節常以豐盛供品祭拜孤魂，也無法撫慰英靈的委屈。古寧頭的百姓被軍魂找上麻煩。一旦村民有行為異常，找醫生沒用，會請示神明，神明瞭解是哪位陰神來討祭祀，於是，才會出現小小的「將軍廟」，專門為那位陰神蓋廟；陰間如人間，亡靈要村民永遠記得祂們的存在。

騎車經過古寧頭至少發現了七間小小的「將軍廟」，我打聽到金門島上有四十多座愛國將軍廟，它們只有數平方公尺，由三面水泥牆、浪板屋頂合成。每棟的前方加一遮雨的鐵皮，廟內有小香爐、供桌、祭台擺放神像，極其簡陋。這些被祭拜的神明不穿古裝，而著軍服、戴軍帽，持手槍。在金門，這些木雕像稱為「愛國將軍」。

亡靈託正神乩身傳達，或選上契合之人，要求為祂蓋廟，所以常聽村民被國軍、共軍班長、排長等「附身」之傳聞。台灣人拜神，古寧頭人蓋廟，問一百個古寧頭人，他們都認為蓋廟是應該的，可保家人平安順遂，避免亡靈陰魂不散干擾村民。

兩岸百姓絕無想過，古寧頭百姓辛苦如斯：就如金火、火孀夫婦竟然花了二十二年才將小廟擴建完成，這使我久不安枕。人生有多少個二十二年？她一生卻活在一個信念——幫打擾她家人的軍魂建廟擴廟，人為什麼要這樣活？這是「住在台灣本島」的人萬萬想不到的。

民國三十八年古寧頭戰役後，金火的父親在軍營旁之農田耕作時，發現草叢裡有一顆頭顱，他起了善心用沙土覆蓋其上，其形突起如墳墓之狀，適逢村裡通知每戶應準備消防沙，十九歲的金火就到「后壁」農田取沙，到了農田時，突然看到一堆高高隆起的土，他瞬間動念，冥冥之中似被某種力量迷了心念，就去取隆起的沙，當時並沒有發現下面有頭骨，然而，後來卻衍生出後續求神問卜、亡靈要求蓋廟擴廟之一連串曲折離奇的人生，但承擔的責任卻落在金火和他的妻子火孀身上。

後來金火的行為異常、開始喃喃自語。金火母親請示村裡的神明，才知道該頭骨是三十八年古寧頭戰役戰死的通信班周班長，此行為是沖到了周班長鬼魂所致，可能燒金紙不足以道歉，神明乩身製作了三角形紙令旗，要他們插旗於打擾處，按時日祭拜以鎮住周班長之怒。由於時間一久，又風吹雨曬，鎮壓的紙令旗不見了，金火母親也就沒有在祭拜，周班長又成了孤魂到處飄盪。在祭拜期間金火去田裡工作，去海邊插蚵條採石蚵皆正常，沒有鎮壓的紙令旗和祭拜，金火又開始精神異常了；被周班長附身後，到處遊走，時好時壞，他當時叨叨唸唸，似述戰爭情形，講的話大家都聽不懂。當時金火已結婚，住家近慈湖、雙鯉湖，怕金火精神不集中，一個踉踉蹌蹌跌至湖裡，發生不測，所以火嬸都得尾隨其後；金火行為受限，很惱火，氣得會丟石頭驅趕火嬸，有次用腳踢火嬸，褲子都踢破了，人幸好沒事。她也只能忍氣吞聲，不吭氣的仍遠遠地不離不棄；在火嬸的跟隨與照顧下，金火也才能平安無事。

金火正常時，火嬸問他跑到那裡去了？他說：「不清楚，我一直在找路，一直走。」因晚上會干擾到鄰居生活起居，在同屋的土伯協助下將他關進空房間，桌椅全搬走，發病期間，鄰居華嬸的女兒因病在尚義醫院住院醫治，華嬸告知醫生，說：「我堂哥瘋得嚴重，能否電療！」醫生親到火嬸家裡診斷後認為應儘速就醫，於是火嬸連哄帶騙帶金火到尚義醫院電療四次，治療員說每一次要付新台幣一千元，最後一次只繳得出四百塊，他還到家裡來催討餘款，火嬸只好跟鄰居借錢；後來鄰居來要錢，火嬸賣掉五十斤的花生種籽，才勉強還了錢。

金火母親又再請示神明，神明請亡魂來說出姓名並問其所求何事，神明乩身回覆著：「祂是周平遠德，古寧頭戰役時全班都在北山陣亡，當時軍職是通信班班長。」金火母親請示如何解決？神明傳達說：「因你們沒有繼續祭拜，故必須為祂重新安葬，並於其上蓋一座廟。」

於是，五十四年，李家在該地蓋了一小廟，廟旁是「兵器連」之軍營，廟裡只能容身兩人，要低頭才進得去。神明指示這通信班的七位亡魂姓名，除周班長外，餘為陳德生、張怡雄、高許意、張貴志、韓德良、邱德志，李家立了一水泥碑，刻上七位之姓名，希望爾後能獲得平靜生活。

到了六十四年，周班長嫌小廟太小，要有像樣的廟，祂透過神明說：「我得到玉皇大帝旨令，濟世救人，又得到風水地，可以接受四面的香火，為村民辦事，造福鄉里，廟一定要擴建。」火嬸小時候，常聽她阿公講許多宗教信仰的故事，現在，她知道周班長領了玉旨，又得到風水地，濟世救人，提升功德，早日修成正果，火嬸對靈界的事並不陌生，認為如了周班長所願，祂才不會繼續找李家的麻煩。

然而，北山宗長們對擴廟持保留態度，他們撫著髮鬚說：「這些是戰死軍魂，不是正神，怕祂們來擾亂，別的孤魂野鬼也要求蓋廟，如此一來，我們就蓋不完了。」蓋廟無法遂行，於是請教鎮東宮玄天上帝、廣澤尊王的乩身，都未能贊成擴建、不幫忙選蓋廟的日子；火嬸只能替周班長多燒香、多祭拜紙錢供品。

由於周班長一再堅持，而李家急著要神明對該廟的賜名及選蓋廟的吉日，但「雙鯉古地」關聖帝君、「鎮東宮」玄天上帝也都有所推拖，遲遲不願做主、不選日子；金火一家人百般無奈，不知所措，急得像熱鍋上的螞蟻。

因周班長請領玉旨要來凡間濟世救人，必須要有像樣的大廟，於是按耐不住了。六十五年三月底金火母親過世不久，周班長就開始找麻煩，祂認為火嬸的二女兒很乖，決定找她當乩身，某天傍晚，火嬸女兒突然不見了，火嬸在村內找不到她，後來有人告知在安岐公車站牌坐著一位年輕女子，火嬸前往才找到，她居然一路走了約三公里，她似乎被周班長附身，開始喃喃自語，當時她十九歲，在村內遊走，半夜也不睡覺。火嬸怕她出事，只好每次都跟在女兒身後，問她，她說：「地府很大，我一直往前找路，走一個晚上，不知累，也找不到歸路。」後來金火行為也一樣怪異，父女二人竟然燒掉二大簍子的庫錢，火嬸請示神明後，金火也就漸漸好了；但火嬸二女兒的行為卻更怪異，她拿著石杵破壞周班長的小廟及鄰居的將軍廟，還好在破壞村裡祠堂時被及時阻止，火嬸只得將她關進空房間，當時她將房間的電線全扯下來。火嬸要照顧常出事的金火，也為了女兒的安全、鄰居、自家生活考量，於是向政府申請將二女兒送至台南精神療養院治療。

話說火嬸二女兒，在台南療養院醫治好後，七十一年遠嫁台灣，在業力（天命）牽引下，七十四年不得不返回金門訓乩、操乩及坐禁以完成周府元帥之乩身，然，事情並非如此順利，由於老乩在訓乩時起惡心，認為火嬸家窮，故隨便找一個小鬼來應付了事，訓乩完，火嬸二女兒返回台灣，也從金門請回周府元帥供奉家中，惟錯誤之訓乩以至於她返台發生怪異行為，女婿不瞭解前因後果，認周班長沒保佑家人平安，一氣之下，故將周府元帥的神像、官印用刀子砍壞丟棄，其二女兒也把黑令旗丟掉，未曾想此令旗上蓋有金城城隍爺及東嶽大帝的官印，丟掉此事非常不智。後來，二女兒、女婿後半生極其不順利，大概與得罪周府元帥有關，女婿沒工作，就回去彰化老家。二女兒五十歲時也搬回金門，和火嬸相依作伴十五年，直到她六十五歲中風，才被送至金門松柏園養護中心照護。

火嬸雖不識字，對外撐住家、對內安撫大小，還需與軍魂妥協。認為周班長要蓋大廟，得到眾生的香火，祂們就不會作亂也是好事！火嬸盡力達成周班長要求，以避免禍及她家下一代。然，村裡宗長及神明卻遲遲未應允，雙方僵持不下，李家成了夾心餅乾，萬般無奈。

五十四年蓋了小廟後火嬸一家人尚屬平靜，到了六十四年周班長要求蓋大廟，六十五年三月底金火母親過世後，這項重擔移轉到火嬸身上，同情他家的人認為，沒蓋成是因火嬸使不上力，因為宗長們認為蓋大廟必須保證村裡的平安，所以一直持保留態度；火嬸急到還去請示李光前將軍，祂的乩身說：「此事應由自己村裡的神明處理較為妥適，祂不便插手。」繞了一圈，最後請示村裡的神明，結果還是不幫忙選蓋廟的日子。

民間信仰，相信人的本命元靈，把它比喻成靈界中「花園」內的植物，男生為樹叢，女生為花叢。而靈界「花園」裡樹叢與花叢是由花公、花婆照管，另有二位顧花童子協助照料。至於祂們生長之好壞，與本人的身體健康有著密不可分關係，若樹叢與花叢枯萎、蟲蛀、毒害，毀損等情形，當事人的身體會出現類似狀況，如果不慎有孤魂野鬼闖入，要來下毒手，就視祂輕重而定。

要蓋大廟拖了十年，周班長開始發火了，七十四年，祂把氣發在火嬸小女兒身上。當時參與運兵而戰死的大陸船夫認識了周班長；七十四年某日，船夫找上她小女兒，當時她就讀國三，突然腹肚絞痛，服藥仍未改善，適逢金火因腸胃疼痛在花崗石醫院住院治療，經檢查出胃酸過多、胃穿孔之症狀，醫院抽出很多黃色的汁液。於是，小女兒一併前往該醫院，經醫生進一步檢查結果，認為是急性盲腸炎，有生命危險之虞，醫生立即採取緊急開刀手術，火嬸得知嚇了一跳，不知所措，在開刀房外徘徊不去，火嬸遇到家中突如其然之事，心力交瘁，同時照顧二人，返家時曾一度昏倒在地，幸未有事。

後來金火與小女兒陸續病好出院，小女兒也參加學校跑步比賽得到獎項，但，船夫拼命追求不善罷干休，在小女兒就讀高中時，又身體不適，再度到花崗石醫院就診仍未改善，只好轉到台北三軍總醫院醫治，醫生診斷認疑似淋巴癌，並告知已是末期，於是返回金門不久就病逝，小女兒最後被抓到陰間，被敕封為李姑娘，死時芳齡才十六歲。

小女兒死後，火嬸非常傷心，難過到把自己關在家裡，不想出門；鄰居到家裡拉她去剖蚵，她也不為所動。後來她慢慢的細想，如果再不擴廟，會連累到子孫。彼時，大兒子是志願役軍官，小兒子還在服兵役，如周班長不時來生亂，會連累到下一代；火嬸想著想著，日漸想通了，為了家人有活路，她堅定的知道只有擴建廟一途。正好，周班長也託夢給她，可拿著白布條喊著要上吊，讓鎮東宮不得安寧，火嬸為了李家的未來，知道只有此圖於是照辦。

某日，她沿路喊著：「殺人了，殺人了！」大聲喊到「鎮東宮」，哭著對神明喊冤，拜完一尊又哭訴下一尊神，村民都圍觀來，宗長也趕過來了，他凝神皺眉，漸感事態嚴重。火嬸甩白布條在「鎮東宮」樑上，搬了梯子來，淒聲大喊著要隨小女兒而去，有人開始指責宗長，說：「孩子養到十六歲，就白白走了！」火嬸把白布條打上個結，站上梯子，再惡狠狠的瞪著，直勾勾的對上宗長眼睛，似乎要把對方的眼珠子挖出來，村民嚇得呆若木雞，快要鬧出兩條人命了，有太太叫：「不能死呀！妳還要養別的小孩耶！快下來！」，宗長見事態危急，急忙喊著：「下來！快下來！」只好同意擴建。後來「鎮東宮」的廣澤尊王很快決定了動土之日，「雙鯉古地」的關聖帝君也幫廟取名為「忠烈祠」。這事因女兒之死才出現轉機，終於在七十六年如其所願擴建大廟，從蓋建小廟算起整整拖了二十二年。

蓋大廟後，各鄉鎮村莊都來共襄盛舉，村裡捐獻者屈指可數。廟蓋到一半，村裡人發現廟門沖到了鄰居的一個祖墳，有此藉口，有人立即去通風報信，祖墳的後代趕來阻擋，師傅只能停工；某天深夜，周班長現其本尊並托夢給師傅，讓他勿停工。師傅只好把蓋到一半的廟全部拆掉並將重蓋的廟門轉向，才不會沖到鄰居的祖墳，火嬸又找到同村德高望重之姨婆的二兒子前來協助處理，他認為蓋廟是件好事，情理法皆合，村裡阻擾者才緩下來。話說陰間也有罰則的，船夫下毒手抓走了火嬸的小女兒，經閻羅王審判，船夫犯了天條，被關押三年。而當時烈嶼的王仙姑在南山也有分靈，因同情此小女是無辜，願意與李姑娘相伴於「忠烈祠」內，經玉皇大帝的允許，同意王仙姑在「忠烈祠」為村民濟世救人。

五十四年蓋的小廟，以前奉茶水都要低頭才進得去，只容納兩人。神主牌位現今還保留原地，裡面可容納約二十人，也有個堂皇廟名：「忠烈祠」，主神周府元帥、陪祀陳府將軍、副班長張府元帥等，桌下供奉著虎爺。李家只求成為周府元帥的周班長心中不再委屈。

而，蓋廟之初，火嬸並不知要刻虎爺神尊，那供桌下面所奉的虎爺是如何來的？那是在七十七年間，火嬸的大兒子在金門「第二士校」受訓，受訓期間有一位學弟教大夥兒「啟靈」，啟靈後，其大兒子很快就引出一條靈，嗣後感覺精神特別好，思緒紛飛，但他深感不安。趁週日放假，向學弟求助，剛好他認識來金門服役的下士班長，他是一位道士，駐地在「東一點紅」，火嬸的大兒子本來是去問他啟靈後為何有著魔這種現象，然，下士班長說這是正常現象，卻突然提到虎爺喜歡住進他家剛蓋好的廟，問完後他們一起前往後浦北門「北鎮廟」後的觀音寺拜拜，取了一本《白衣觀音大士靈感神咒》、一本《大悲咒》，誦持後，他的精神狀況也就恢復平常了。當天他返家把虎爺要住進新廟之事告知其母。火嬸事忙也忘了要刻一尊虎爺，她莫明的全身發癢，直到她大兒子再次提醒，火嬸才搭車前往沙美師傅刻虎爺神尊，奇怪的是她全身發癢不藥而癒。

火嬸七十八年成為周府元帥的乩身，當時已五十六歲，有次請教周府元帥，請祂敘述當年狀況，祂說：「當年交戰激烈，幾次上刺刀和敵方肉搏戰，打得精疲力竭，『刷』的一聲，我的頭被砍下，和身體分離，立即滾了好遠，大量流血，我搖擺滾動的頭，眼往四周看，多麼想找到自己的身體，但就是看不到；於是大聲喊叫，哭著：『弟兄們，請幫我看，我身體在哪兒？』『請行行好，我要和身體接合在一起。』但沒用，耳邊聽到斷手、斷腳的人哭喊聲，許多在地上爬行移動的呻吟聲，沒有人理我。我在天上飛，找了許久也找不到自己的身體，非常難過，隔天終於發現自己的身體被抬到附近的水池裡正要丟棄，我哭喊著，活生生看它被丟下，又被別的屍體壓下。我恨這殺戮戰場，我恨這血灑大地。現在，我接受四方供奉，奉旨辦事，已沒有怨恨之心，雖身首異處，得不到國家供祭，我為國捐了軀，既已融入大地也只有接受這個事實了。」火嬸聽完周府元帥身首異處之心事，難過得趴著痛哭，身體一上一下的抖動許久。她邊哭邊想：「我能與周府元帥交心耶！」她首次感到身為乩身的使命。兩人已不是服從關係，而是心靈交會、生命相交，最原初的美。她能和神靈合作融合，多麼神妙！火嬸二十二年的辛苦稍稍消融、怨懟稍稍減少。

火嬸後來又想：害死她小女兒的船夫關押三年，受到報應，她內心稍稍釋懷。接著「忠烈祠」也擴建了，小女兒變成李姑娘，遷入「忠烈祠」安身，接受香火供奉，又有王仙姑相伴，真是圓滿。

火嬸每天從忠烈祠望向藍天，回憶前塵，世事變幻如白雲蒼狗，現在的她最安適。她感應到被神靈滋潤的歡欣，至此獲得神示，大步走向為周府元帥服務之路，全心為眾生消災解厄。

火嬸樂於助人，口耳相傳，問事者絡繹不絕，有時清晨五點半就有問事者前來，火嬸來不及用餐就趕快到廟裡處理他們的疑難雜症，問完周府元帥後，閒談時，當事人說到傷心處往往嚎啕大哭，火嬸也同理的跟著一起落淚，此時往往已過中午，火嬸從無任何怨言，因為她是過來人，能體諒問事者的辛苦與無助。有一次，早上天還沒亮時，鄰居松嬸慌慌張張來敲門，請周府元帥救她兒子，松嬸站在供桌前陳述說：「就讀高中的二兒子本是活蹦亂跳，早上起床時，全身痠痛莫名，無法下床行走，請周府元帥查明救救她兒子。」經周府元帥請註生娘娘到「花園」查明，發現是軍魂來找麻煩，經過周府元帥努力勸說下，該軍魂同意放了小孩，隔天，真的就恢復正常去學校讀書了。

時光悠悠，火嬸變成阿婆現在九十一歲了，從建廟當乩身做志工，至今做了三十六年，她為這班軍魂忙了大輩子，每日奉茶、打掃、上香。這一班軍魂也保佑李家。所謂：「人有善願，天必從之，積善之家，必有餘慶」，她大兒子退伍後考上台大，公務員考試屢考屢中；也保佑二兒子化工系碩士畢業，工作順利，曾擔任總經理特助、廠長，現在已升為該公司的副總經理。

火嬸這位活菩薩照顧家人、供奉軍魂，她知天命，盡人事。火嬸像盤旋花崗岩的遊隼，張開一雙羽翼，接上天與地下，甘願終身揹著忠烈祠；李家上下也是祭壇的犧牲，用脂油馨香之味，取悅了軍魂；她引大家走入軍魂內裡，知道另個世界在熠熠生輝，另個世界也遼闊。在神明交感之下，在一進一出之間，照見真摯的生命情懷。

而火嬸，她不知道自己是戰爭的受害者，也不知道兩岸主事者需承擔戰爭的後果，不應百姓來承擔，而她，已承擔了三十六年。

# 石蚵火嬸和她的錦婆

賤妾留空房，相見常日稀。雞鳴入機織，夜夜不得息。
三日斷五匹，大人故嫌遲。非為織作遲，君家婦難為！
妾不堪驅使，徒留無所施。

——兩漢・佚名〈孔雀東南飛〉

我很少書寫英雄豪傑的題裁，這引不起我的感動，我常沉迷在破碎、壓力和得不著幸福的人之中。

上一代的台灣物質匱乏；而金門土地貧瘠、又經戰火洗禮，要種出好的莊稼不易，百姓生活大多貧窮。日據時代辛苦更甚，男子為避免被徵集作勞役，紛紛逃遷內地或落番到南洋做工，留下妻子在家照顧公婆與稚子，她日子過得和男子一樣艱困，如果又遇到婆婆苛薄，遭遇則更淒涼。

在金門看見不完美，本就是大環境所展現的生命面貌，或許也是上天用來開啟一代人智慧的鎖。

金門歷經戰亂、落番、日據，貧窮又哀苦，他們是否也像我們一樣有理想、挫折、懷疑呢？我想知道圍繞在他們身邊，痛苦的、哀傷的，那些連帶土地、山和海的故事。我們今天是活成這個樣子，不是他們那個樣子。我身處異地的想：我會有他們的智慧、聰明和成長嗎？

我很高興認識了古寧頭北山的李家兩代女性，她們皆是微小足以成就巨大，卑微到頭，剩下的就是不屈不撓、隱忍負重、堅強韌性貫穿了一生。

二十歲火孀從后沙嫁到北山前，婆家有鄰居是從后沙先嫁過來的，婆婆暨錦婆請託這位鄰居返回娘家時打聽火孀的人品與面貌，她說：「媒人嘴，往往好聽卻不實在。幫我看看未來媳婦長得怎樣？看看她個性好不好？」結果回來說長得很美，原來是看錯了，看成是火孀的三妹。後來，錦婆前往金城訂購金子首飾時，巧遇看到火孀的面孔，此時，才知她容貌平庸、身材普通，而她的兒子金火五官端正、英俊瀟灑，但婚事既已談妥，錦婆也只能不吭聲的接受。

剛嫁過來的火孀，一直病懨懨、身體不適，難以下床幫忙家務，錦婆不太諒解，認為火嬸在娘家很能幹，怎麼嫁到李家來卻是病貓一隻？火嬸娘家後來得知此事，想到去問后沙邢府王爺，神明說是結婚當天沖煞出了狀況。金火接火嬸的轎子剛從后沙出發，要往村外走向大路路口時，就遇到從古寧頭要嫁到金湖成功的迎親隊伍，以金門的風俗必須雙方下轎交換新娘手上的鮮花，方能避免對沖，但當時沒這樣做，以致新娘觸到霉運。火嬸娘家告知李家處理方式，錦婆就在村口擺一隻紙白虎及三塊石子，石子上寫著字，燒了些金紙，如此，火嬸居然就不藥而癒，婆媳的誤會化解了。

錦婆在婚前和女方說：「我這兒子不抽煙、不喝酒、不打牌。」但，婚後火嬸就知金火抽煙又喝酒，而且婚前曾有精神異常病史，火嬸回娘家都隻字未提，不曾有任何怨言。金火家境不允許，只讀到私塾三年級就輟學，他雖然很喜歡讀書、成績也優異，只能隨父親下田工作。

金火高大碩壯，婚後卻腹痛、食慾不振，且愈來愈清瘦。去山外金門衛生院檢查，發現他的腸道有鉤蟲寄生，日久變慢性貧血、面黃肌瘦，衛生院認為要立即輸血，輸血需新台幣五千塊，他們沒有錢，情急之下火嬸想到嫁到醫院附近的二妹，她在山外市場賣自己種在塔后的菜，經濟狀況較佳。當時的金門雖有十萬駐軍，但並無銀行，所以賺的錢不是買金子就是將錢存放在家裡，她的二妹剛好把錢存在家裡，就給火嬸救急，醫院收到醫療費，緊急輸血，又服用寄生蟲藥，金火很快恢復健康，醫療費也成火嬸的負擔。

火嬸沒進孔子門，公公對媳婦疼愛有加，可惜還沒生下大女兒，公公就離世，支撐她的臂力少了。

火嬸第二胎又是女孩，錦婆就更不喜歡這媳婦，金火又因鬼魂之事，行為會異常。民國四十六年生了二女兒之後，某天又被錦婆罵，她在路上走著走著，心情鬱悶，很想跳井自殺。但想到她回娘家都會說：「媽！我在婆家過得很好。」火嬸從小就知悉家醜不可外揚，遇到不如意事只有往肚子吞，不願娘家媽媽擔心。此時，剛好遇到鄰居媽媽打招呼，便一起前往鄰居家聊天，聊著聊著，豁然開朗了；到了黃昏，她乖乖回家煮飯。

生老三時不順產，火嬸喊叫金火去請老鄰居來，鄰居婆婆認為小孩胎位不正，應趕快把胎兒推進去，讓她從正確位置出來。生老二是女兒，婆婆就不高興，現在生老三又是女孩，錦婆得知，瞧都不瞧女嬰一眼，火嬸生產當天剛好是農曆正月初九「天公生」，火嬸當天隱忍著傷口疼痛、不顧傷口還在流血，就下床加入石蚵生產旺季的剝蚵行列，鄰居看見蠟黃臉的她，也心生不忍，安慰話也說不出口。

火嬸一生刻苦耐勞，勤儉持家，愛家愛小孩。她在娘家就很會剝石蚵。二十歲嫁到李家後，冬天有自己插的石蚵田可以收成，夏天則沒有。當時女孩工作不易，家境又清寒，為了生計，她趁閒暇，夏天常下海剝無主附石的海蚵，退潮時，石蚵露出海面，用尖尾鎚敲下蚵殼，再以蚵刀挖取石蚵。一蹲就是五至七個小時，直到漲潮。從早上十點到海邊，一直到約下午五點都蹲在礁石前剝石蚵，沒帶什麼食物去充飢，為了賺錢，也無時間吃東西，非常辛苦。

我認識火嬸時，當時她坐在鄰居家剝石蚵，她一臉疲憊、好像講話都嫌累，但雙手轉動很快，大家說她很能幹，白天有空會來，做完晚餐，晚上還來。我好奇地問她：「石蚵長成一軟軟的球，要怎麼剝才不會戳破呢？」火嬸親切的說：「用蚵刀撬開殼頂，打開後劃開貝柱，也就是劃開閉殼肌，蚵仔就能輕鬆的取出。」看她拿一個鳳梨鐵罐，聊著聊著，就剝滿一罐，當時只能賺五角錢，我則只剝了半罐。金門人工便宜，剝蚵的工錢是台灣人的一半，即使這樣，剝蚵工錢還是火嬸固定的冬季一大額外收入。

火嬸也會幫附近營區的軍人洗衣服，撞球場收下來的衣服，因有事無法清洗時，會請她幫忙洗。同時火嬸幫產婦坐月子也是一絕，會煮好吃的月子餐、洗月內的髒衣褲，村裡的人都知道她洗衣特別乾淨，都會包一個月請她洗，當時年代村子生小孩又生得多，一次接好幾件此類差事，如此一來，這一個月晚上睡覺時，雙手常感覺不是自己的，還好當時還年輕，泡泡熱水，隔天就恢復了。

寒冬時節，台灣餐廳打電報來，要吃炒海螺。古寧頭雙鯉湖的池塘裡可以撿海螺，下水會淹到膝蓋上，當時氣溫非常低，沒人願意接這冰冷差事，為了生活火嬸毅然接這件活，兒女年紀又小都不敢下去幫忙，火嬸只好一個人做，事後腳已沒什麼知覺，皮膚也裂開了，火嬸還是任勞任怨的幹活。

當時的金門多數人是清貧的，火嬸為了家庭生計必須打零工，而家務瑣事仍由她負責處理，她有六個小孩要吃喝、要上學，九口之家的洗衣、三餐還由她操辦，而，四十年前兩岸對峙的防空洞仍然要躲。先生有行為異常的症狀，能幫忙她的不多。我認為慈愛藏匿力量，肩膀支撐家庭，悲智扛起責任，對金門女子，我偏執的認為微小足以成就巨大，卑微到頭，剩下的就是堅強。

金火因挖到古寧頭戰役陣亡的周班長頭顱，惹了周班長英靈，在五十四年允諾祂，幫他蓋了一座小廟，在祂不斷打擾下，二十多年後，七十六年又擴建成大廟。

火嬸早晚都會去忠烈祠奉茶燒香，以為從此無事。然，大廟蓋好，此時並無乩身為周府元帥辦事，於是祂選上火嬸大兒子接乩身位，他是職業軍人，不適宜接此神聖任務，但周府元帥不放過。七十六年他輪調回金門洋山砲兵連，隔年大年初九當地鶯山廟有廟會，他應邀參加宴會喝了酒，返回單位後做出一些起乩的行為，官兵皆訝異。火嬸獲悉，幫他請示神明，神明說是遇到陰神找事，繼續追問才知道是周府元帥指定要他當乩身；火嬸只好前往南雄師師部找師長，參謀長接見了火嬸，告知：「他現在擔任軍職，絕對無法擔任此神職，如果祂是正神應該明理，應等退伍再說。」火嬸也擔心兒子的升遷受其影響，遂毛遂自薦，懇求讓她當乩身。

鬼神要吸香氣、味道，提升自己的靈性，周府元帥終於有了乩身，祂奉旨辦事立廟，接受村民祭拜，化解村民疑難雜症可謂積功累德。

在六十三年間發生一件奇事，「雙鯉古地」的關聖帝君「發爐」，發爐表示村裡神明有重大事情要通知，祂透過乩身告知古寧頭戰役戰死的好兄弟討吃，希望獲得村裡祭拜。村裡開會決定從六十三年開始，每年農曆七月初八在村口五個地方路祭好兄弟，當時駐軍也會拿米、罐頭等供品來祭拜保衛國家而英勇犧牲的軍魂。

古寧頭地區的將軍小廟，只有北山忠烈祠擴建成大廟。彼時，火嬸已五十六歲，她知道周府元帥有威嚴，辦事能力強，就悉心為祂辦事，這樣就沒事了嗎？不然，周府元帥是安徽人，與另一陪祀紅軍的陳府將軍是同鄉，祂可憐陳府將軍，同意祂一同接受村民的祭拜及香火。因八十一年戰地政務廢除，金門駐軍迅速減少，村民外移，以至於祭拜的人也變少了，陳府將軍要求火嬸從九十三年開始幫紅軍募款，募多少紙錢不拘。火嬸本有所顧慮，怕村裡人閒言閒語，遲遲不敢行動，經陳府將軍一再催促，遂開始到處去募款。火嬸就坐公車到人多的金城、山外募款，她站在山外金城公車站牌前向一個一個等車的人喃喃募款，十塊錢、一百塊錢的募，金城有人同情她老人家，幫她寫成募款說明書，讓她邊募邊發，大家同情她年紀大，自然捐款了。而住安岐、湖南、頂堡的大嬸們，每年中元節前都會自動捐款，年年如此。

忠烈祠有一告示牌張貼在廟前，寫著：「忠烈祠為古寧頭戰役犧牲的紅軍好兄弟發起募捐，歡迎共襄盛舉，成就利益眾生之善願，福蔭子孫，功德無量，」火嬸做周府元帥的乩身，又幫紅軍募款，都依所求；原本戰士身亡異地，心懷恨念，惡靈擾民，現在化解惡念，讓英靈都無所罣礙。這讓人想到：火嬸先是無可逃避的募，再來日漸心甘情願的募，大嬸們都認是好事也主動捐款，大家戲稱她「乞丐阿婆」。最後，她明瞭為紅軍募款是可憐軍魂、是做善事。

日頭赤焱焱，她一個白髮老嫗，穿著點點碎花衣褲，佝僂身軀，柱著拐搭車到山外募款，讓人以為她是乞丐阿婆；這變成金門的一道風景，一個畫面。

從九十三年開始，北山忠烈祠祭拜和村裡路祭同為七月初八舉行，忠烈祠約清晨七點開始，村裡路祭則在下午四點許。祠前所燒的金紙都是募款買來的，約有十萬元金紙高高堆疊成長方體，像打麻將的四方城，當熊熊烈火燒起，通靈人看得到人影幢幢，深知此皆為英魂每年所祈盼；而陳府將軍在旁邊一一發錢，好像在發薪餉。

火嬸七十歲時，兒子們都在台灣謀職。她每天清早，還是去剝石蚵，坐公車去金城或山外市場叫賣，只帶一杯花生湯果腹，下午去田裡種花生，然後寄到台灣給兒孫。與台灣兒子通電話時，無不告誡說：「夫妻雙雙對對，萬年富貴，家和萬事興，如能照做就是孝順母親。（台語）」這是她活下去的意義，這是火嬸這一生以身作則的寫照。

火嬸已是活菩薩，她也向金門兩位姓李的古寧頭縣長募款，祈求縣府要幫忙出經費好好撿骨安葬。無奈議員們、長官們公務繁忙，無暇理會老人家，更不必說想淨化古戰場的土地或者亡靈。她聽大兒子說有位叫楊松發的人在發起撿骨行動，九十歲的她非常興奮，甚至想去湖下找他，火嬸的二兒子聯絡楊先生請他到家裡聊聊，火嬸一再嘉勉他的義行，離開時，她還危顫顫站起，堅持要走幾步路送客，此時她已舉步維艱。

我看見火嬸的生活像是一台夢中的放映機，透明的畫面不斷不斷的捲動打開，彩色又迷濛。

而錦婆呢？我喜歡和火嬸邊剝蚵邊聊落番年代時點滴，談到錦婆，火嬸說：「我婆婆是一八九六年生，比公公小十七歲，婚後公公去新加坡討生活，他們先沒生小孩，她在家侍奉公婆，公公斷斷續續回來，生了四女兩男。」

那個靠僑匯清貧的年代，錦婆生的孩子，常養不活。她的長女嫁到金城鎮的東沙，夫妻融洽，生活最平順。次女嫁到成功村就吃苦了，她的婆婆精明幹練，對她卻尖酸刻薄，看她什麼都不順眼，致使她精神抑鬱，在家中壓力非常大，再加上她的先生只相信他媽媽所說的話。讓她第一胎生產時孩子就難產而死。生第二胎，嬰兒僥倖存活下來，她先生本是討海人，半夜就必須出海去捕魚，中午才能返家，當時討海人非常勞累，生活沒有品質。丈夫回來又聽到母親講他媳婦的不是，更加生氣，常常會拿起棍子打他媳婦，甚至造成頭部及身上等多處受傷，她回娘家探親只能跟娘家人說是不小心跌倒所致。後來她生第三胎是兒子，嬰兒卻不幸死於難產，她沾了血；在民間習俗凡沾了血的亡靈死後其家人必須在宮廟做醮「普桶盤」時，請血湖夫人幫他換掉血衣、在陰間才有乾淨的衣服穿。她生兒子難產，身體大量失血，產後八十餘天也跟著兒子走了，當時她才二十七歲。一直到了七十六年北山忠烈祠蓋好，火嬸當了乩身，周府元帥做醮時，夢裡透過其二弟金火說必須換掉血衣，請二弟另置新裝，可見鬼神之事真是不可思議。

錦婆生的第四個就是金火。第五個是小妹，家裡窮養不起，原本小妹要送人當童養媳，但她小時候生病就走了。最小的弟弟出生才八個月也走了，錦婆所生的小孩、活的有四位，死的有二位。

錦婆的生活也像是透明的玻璃紙，捲開她們靜謐的、受傷的世界，巨變又帶著幻滅，錦婆隱忍的生活，也在更艱困更哀傷的播放。

上兩代都是文盲、都過去了，反觀現代女子，讀書、工作，活得自主又嬌貴，平權的結果是什麼？婆婆煮飯、外勞帶小孩、先生寵妻。有人說這一甲子，女性「得時得運」，女性得到時運，和男性爭平權，是否爭過頭了呢！

跟著火嬸和她的錦婆這兩代人的腳痕，看見那麼多痛苦、悲傷的事件，她們耐性的鋪敘著、延異著。

這就是我們小小人類安靜、溫和、善良、不知情的活下去方式，讀完了火嬸、錦婆的故事，只覺得兩眼朦朧，她們那不屈的慈輝，讓你我平日委屈的心靈也被熨斗燙平了。

# 輯三　記憶的總合

古龍頭水尾塔（李俊龍提供）

# 氣味

忽然想起好久沒吃梅乾菜扣肉了。這一想可不得了，許多點點滴滴都從緊閉的窗戶縫滿溢了進來。尤其對梅乾菜扣肉的「扣」字到底扣住了什麼充滿了好奇。它是敲、是貼緊、是牽住、是抓住、是押解、是套住、乃至緊緊勒住的，何止是肉！當梅乾淡雅的酸鹹味，化解了五花肉的油膩，而且越煮越入味時，即使只用肉汁拌白飯，孩子們都能連吃三大碗，它整碗的鹹、香、軟「扣」住了父親那一輩人的嘴、胃、記憶，也連接到我們的童年，那是一種連作夢都會嘸嘴的味。這下子我才恍然，原來能扣住人的是無所不在、到處瀰漫最後永遠停住的味道。

沒錯，舌所嚐、鼻所聞是味；味覽文章、玩味人生也是味，它與扣字的原意竟是息息相關的。這個字可味覺、可嗅覺；也離不了視覺、觸覺；連聽覺、感覺都參一腳。當在面對各地不同食物的色香味、乃至生命波折時，各個器官運作，又合縱連橫扣起來，時間一久，五味雜陳，常有莫辨原味的感慨。尤其對走過大江南北，輾轉多年的老兵來說，進入老境時有幸得回「幾失其味」的家鄉一探，整個人生給他們的感受，又何止「五味雜陳」四字而已？他們漫長曲折、波盪起伏的生命際遇，展開的是一連串鼻、耳、舌、身、意的大幅度波動，更是一場視、嗅覺大改造；一場各鄉各省的大融合扣連。他們的人生簡直是「味不完」，到末了就有「誰解其中味」的感慨。

父親就是這樣的一位老兵。二十歲離開老家前，他的眼睛、鼻腔、舌尖所嚐應該一律是味道吧？那時鄰里煙囪冒出的，都是鄂州辣味，那是他出生起就沒什麼變化的吧？從沒想到他對食物、生命的滋味會隨時局而一路改變，到末了真正的家鄉氣息、味道都扣不住了。

民國三十八年父親從湖北一路南行，帶著有孕的母親隨軍經湖南、廣東、到了台灣再由中部落腳台北眷村，自此養家活口數十年。

眷村裡集合了各省人士，煮食各自所愛，煮飯時門窗飄出的氣味是會相互「叩門」的。東家是麻的、西家是嗆的，我家的爌肉被小孩說好吃好吃一路呼嘯到隔壁去，而隔了好幾間的炸獅子頭味又被什麼風帶過來衝過去。那年頭都是平房，牆壁又薄，氣味好像是長了羽翅，吹得滿眷村都是油香辣味。眷村中每人的味蕾多多少少沾著麻嗆味，每個人的舌頭上酸甜苦辣不一而足，一種雜燴式五湖四海大叩合，透過每家薄薄的窗門飄散在竹籬笆內外。這時父母親的味蕾應該是不斷地開開闔闔，最想擁有的原鄉味既想閉門自我安慰、又擋不了諸多他鄉味的試探。於是本來擁有的多元味蕾一一甦醒，多少隱蔽的、未被試煉過的舌尖、舌面、舌根的細胞這才試著打開，舌面上味蕾突起的絲狀乳頭、菌狀乳頭、輪廓乳頭恐怕夜晚還會討論白天品嚐的滋味吧！

這複雜生命況味的嘗試，是原先留在湖北老家未曾來台的家人難以想像的吧！因此，飄泊移民史、眷村播遷史也就等於氣味變動史了。

父親先安家在海邊，這是日據營區改成的眷舍，牆壁以竹條當主架，以黑糖抹黃土，地是泥巴地，屋裡只有一房一廳。父親花了十塊大洋忍痛頂下來。我永遠記得三、四歲時日夜聞到的魚腥味，隨著曝晒、蒼蠅飛動，壓過了所有食物氣味，六十年來一直跟著我，吹回到童稚夢的底片上。我曾經回頭去尋找這小漁村，它已遭海水淹沒，我在波瀾的大海前尋找它，像小草「注視」夕陽般看這大海，尋索童年的記憶。海風吹動，魚腥味又來了，從小我就以為所有的海風一定都有腥味，沒有魚腥味就不叫海風。

追溯我早年意識發生之地，會不會找到我敏感的嗅覺、聽覺異於同齡小孩的原因？可惜六歲那年，我們分到新店大鵬新村，進了城，沒了魚腥味，變成熱鬧雜沓的眷村味。

時空變了，食物的氣味也變了。沒多久母親開始信天主教，一半原因是信教會發麵粉。母親開始向北方媽媽學做麵食，蒸包子有時沒餡料只蒸紅糖的，小孩也搶著吃。揉麵團很費勁，父親力道大，只見他捲袖做蔥油餅：俐落地撖皮、跳舞般撒蔥花、披油，母親則在鍋前烙餅，蔥花咬起來滿嘴生香，引得小毛孩都來看父親表演、大夥快樂地邊吃邊跑，香飄三里。

父親即使到年老，都能「說得」一口好菜，這全是從大鵬新村開始的。母親愛做菜、父親則是一旁的「氣味導航員」，坐在牌桌上聞刀聲丁丁、油煎滋滋也能「遙控」庖廚；母親的藕夾能炸得肉嫩藕軟、珍珠丸子粒粒肉質飽滿；連蛋炒飯何時放蛋、何時爆蔥，他都「叩得」鉅細靡遺，我想他應該是「味蕾達人」或「品味班長」吧！

過年，父親會在新村空地上燻魚、燻臘肉，今年用甘蔗渣、明年撿松枝燻，煙燻得小毛孩躲躲嚷嚷、眼淚直流。灌香腸更是我家一絕，豆腐的、辣味的，用紅繩白繩作記號，這些可吃上半年，說穿了全為食指浩繁。

現代營養學勸人少食肉，以前人吃肉吃不到三根手指。男生喜歡女生會把便當的肉塊悄悄塞入女生飯盒裡，女生眼角春風輕飄謝意；父母獎勵孩子考第一名媽媽會做一盤他愛吃的菜，當兄姊面只有我在啃雞腿時，那隻雞腿就沾了光而在沾沾自喜。我家孩子看到炒韭菜裡露出一點咖啡色，哥哥鑽地虎的夾出，姊姊一招隔山打虎便把弟弟撈來的棒勢化解了，而我不太參加爭肉戰，只隔山觀虎鬥。

雖說我不太參加，但十六歲住校一起吃飯仍忍不住會高空飛筷，這惡習後來竟是被同學糾正成功：有一天，整桌人全不來吃早飯，只我一人在吃八方，我邊吃邊苦惱的檢討是何因？終於想出是我在家中養出的吃相被同學嫌而棄之。此後就不斷複習著用意念扣住自己伸手過快的毛病。

村子來了位活潑的本省媽媽，她熱心的教母親端午綁南部粽。當粽子蒸好，掀開鍋蓋時，滿室霧氣中飄著竹葉的清香，那是我不曾聞過的氣味，我愛將頭浸浴蒸籠霧氣裡，除了聞粽葉香外，還想像我是竹林中飄飄舞動的仙女。而「叩」得一口好菜的父親則說：「啊！這糯米軟化了肥豬肉，豬肉糯米摟在一起跳舞，而板栗軟綿、一口咬下的香菇汁都餘韻悠揚，這南部粽不輸咱家的珍珠丸子，層次豐美，像一幅寫意畫。」這又證明了他「叩」得一口好菜，父親有一副好味蕾，而且古典文學底蘊深厚，真是「出口成菜」。

雖說我甚少參加兄姊爭食戰，讀小四時，端午節還是爭吃肉：父親這一年已調職台南，過節餐桌中央，媽媽只放了一掛粽子和一大盤炒空心菜。

我抗議：「怎麼沒有肉？」

媽媽說：「爸爸不在家，將就吃吧！」

我高喊：「不行，過節每家都有肉，這不是過節，我要吃肉！」喊完還哭泣。刷的一聲，媽媽用筷子狠抽我手臂：「大人不在，怎麼講不聽？倔脾氣！」

多年後，台北各眷村都已老態龍鍾，改建勢在必行，我們住的眷村次第蓋成宅。十幾幢大樓毗鄰聳立，刺破藍天；大夥兒互不相識，上下樓被水泥牆堵住，氣味也隨之封閉，人情味開始淡薄，此後秦家、薛家、邢家的香味即使開了窗也叩不到。

眷村少了香腸臘肉，哪還有眷村味？我懷念以前籬笆相連、撞來衝去的叩連。以前的眷村像是一座小小的城，我誕生的海邊家屋，是鹽味、魚腥味編織了我的夢，自此對「味」這一字特別敏感。我曾慨嘆眷村擁擠狹窄難行，又和竹籬笆外講台語的小孩少有往來，幾近囚禁封閉。然而一旦我自「牢籠」飛離，最叩連的還是它的一草一木、一家一味。即使童年少年的家屋消失了，它仍是我午夜夢迴、牽縈所繫、所扣之處。

雖然國宅飄不出各省氣味，但各省味兒卻能叩住，因為在台北各個餐館都能出現。長大後，常四處去找眷村菜。新店二空新村——台南眷村涼麵華中街小巷子，原是在台南空軍基地對面有個眷村叫二空新村，每一到中午，人潮便絡繹不絕，這家小菜也很不錯。八德路三段的「村子口眷村餐廳」完全與精華地段格格不入，卻連買滷味也要排隊；敦化北路有「二空眷村小館」，它的「二空烤方」配上鮮奶小饅頭，才入口味蕾就讚嘆了。老父也找到安和路上的湖北菜館，進門就見一大罐泡水薄藕，似乎在說藕片咬起來喀啦喀啦的脆喔！父親坐下來一手按桌一手支頭，不看菜單，臉帶笑、半瞇著眼——粉蒸排骨、炸糍粑、鍋巴蝦仁、三鮮豆皮、熱乾麵、泡蒸鱔魚……等七八個菜名從他嘴裡劈哩啪啦流出，似乎腦中想著湖北。多少年後，我懷念他，也都故意以手支頭想菜，叩出菜名。

他一度在空軍總部上班，三五步就一家館子，香酥鴨是功夫菜，用生薑、大蔥、花椒、五香粉塞入鴨腹內醃漬數小時，將菜鴨炸至色呈大紅且表皮酥脆，沾醬是蔥花、海鮮醬、香油調製而成，非常講究。而黃河蜀魚館現撈草魚，那酒釀豆瓣魚辣中帶甜、甜中帶鮮，一咬舌面上的菌狀乳頭細胞就震撼了；時移事往，各省菜都因人因時空而在重複與差異之間不斷演變。

晚年家境稍好，父母親一度在美國居住，也隨著美國人喜歡烤羊肋骨，烤醬深褐、羊排「咕嚕咕嚕」滋滋作響，像在醬汁中溜花式溜冰，油乖乖順順、一滴一滴有節奏地落在烤盤像飄下的自由落體；父親最喜歡啃肋骨肉，這時我總覺得他是羊，彈風琴般，沿著琴縫一階階一路嚼了下去，不一會兒就堆骨成山。

近三年他已老邁的味覺每下愈況，沒胃口是因為他罹患胃癌，化療後，味覺似乎更歸零，母親已不能下廚，他與母親扣牢、共有的家鄉味、眷村味，如今皆已遙遠。他一定會希望唾液不消失、要不就是母親仍能下廚，但衰敗的身體不能與美好的生命共叩，它們之間也畫不了一條分隔線，只能看著一切逐漸淡去、消逝！

父親胃癌四期，腸沾粘、胃被癌細胞堵住，通不到小腸，不能吃任何東西，家人陪他住院長期抗戰。有一天，他說要吃米漿，他拿起碗，先聞聞熱氣，漿汁捲起的熱煙衝上長髭鬚，他把汁含在嘴裡，嘴巴鼓起久久捨不得嚥下，以舌尖、舌面、舌根的微血管叩住米漿的溫度、香氣。那一碗米漿足足喝了二十分鐘。雖然末了，吃食物只為了口腔的滿足，引流管又引出來倒掉，食物空走一遭，只有叩住短暫地氣味。

又有一次他說想吃牛肉麵，我買來，他先深深聞了一口，然後慢慢的含在嘴裡嚥下，舌尖在湯汁中翻攪，味蕾突起的絲狀乳頭似在叩住湯汁的溫熱，我看見他的喉結上上下下的滑動、臉上充滿幸福。我轉身掩面，卻聽到他開心的回憶：「我吃到第一碗牛肉麵是為慶祝妳姊姊考上台大，她叫牛肉麵，我叫榨菜麵，也吃了她的一點牛肉麵，那肉、湯才香呢！」我故意問那時為何我沒去，他竟然說我：「妳又沒考上台大。」

想父親到晚年，食物彷彿是生命不同階段的象徵物、成了他叩連歲月的記憶法，可以喚醒他原初的熟悉。父親出生的原鄉很遠，再也走不回湖北老家。他曾用最敏銳的味覺叩連大江南北、體味生活，老來能扣住回憶的就只剩口福。沒多久他「味的能力」快速萎凋，最後完全不能吞嚥，甚至水也不能喝。生之「味」的樂趣叩不住，再高亢的生命意志力都得豎白旗；沒想到以吮味母乳開始的人生，最後也以味之消亡結束。

父親走後，我走過父親去過的餐廳，駐足，遲遲不忍踏進大門一步。此後，我又該如何喚醒記憶中的父親呢？我能否用什麼味道來叩出那一點點懷念？聽說有一間「氣味博物館」，能將各種氣味作成各式各樣的精油，一旦打開抽屜，就可聞到排骨味、玉米濃湯等千奇百種的味道。同時，他們也可以訂製人的各種氣味，但收費需要數百萬元之高，可見，人的氣味多麼難以割捨啊！

真要收集，應收集什麼呢？父親的枕頭味？衣服味、皮膚味、髮味？還是那些絲絲扣住每隻味蕾的食物味？也不知存放在腦中什麼位置，但一定有一方專區、一整排私密，若一一打開、深深地聞，什麼會是最入夢的呢？我久久不得其解。

# 夢夢相疊

躺在母親床上，握她手撫摸良久，終於她酣睡，透過血脈相連，走進她夢裡的童年。

小舅：

母親回台治病月餘，手、肚痛常折磨到半夜。我揉她、熱敷她，緊握手和她共枕，她方能睡；現在，換我難眠。窗外寒星微冷，蟲鳴犬吠，我索性伏案給您寫信。

八十歲的身軀不堪折磨，側睡時還鎖著眉心，我攏攏她鬢邊白髮，心中愀然。

我常和她握手共眠。一晚躺在床上，恍惚間我見母親正在相館拍照，她穿著我沒見過的黑襖棉褲，我正要喊她「媽」時，不知何時從我旁邊竄出另一女子，先我一步喊出：「娘！」我一聽嚇了一跳，側身看去，喊她娘的女子，好像我，卻不是，是年輕時的我媽，原來坐著照相的竟是我的外婆。醒來才知我在做夢。這是第一次夢見外婆，對我母親而言，一定常夢見。後來才知夢的源頭是我看過的一張照片，是您和外婆的合影，您寄給我母親的。八歲的您乖乖地坐在外婆前，外婆四十多歲，五官端麗，輪廓明顯，看得出是幹練人。

我醒來時，正握著母親的手。我夢見母親正在做夢，那一聲「娘」，真的是她叫出來的。

小舅！我看見、聽見母親在叫，我的夢進入她的夢，我們夢夢相疊、人影交錯，這種侵入是血親的奇緣吧！

母親和我都像外婆，照片中的外婆居然活了起來。

母親愛打鼾，您是知曉的，此時的鼾聲時而拉高、時而下墜；夢也隨之飛揚或頓挫。她在夢中叫：「娘啊！娘啊！」

從書信的往來，母親早知外婆在民國三十九年就往生。小舅！她不斷的問您，您都說：「病死的，肺癆病死的。」解嚴後，我陪母親回到她睽違四十年的老家。無意中，她悄悄問侄子外婆的死因，侄子答：「奶奶是氣死的，心臟病死的。」怎麼說法不一？母親狐疑。遠方堂弟前來面見，他不小心說出：「嬸嬸好可憐喔！上吊的時候，我十歲，也住在大宅裡。」我母親一聽，當下暈厥。

雖然舅媽解釋說：「我們家開大藥房，解放後被打入黑五類，掃地出門，自家大宅不准留，被趕到柴房，大院分給十戶人家住。大哥被關，媽媽派了磨麥子的任務，磨多磨少都不行，她想到偌大家業敗壞至此，一時想不開才尋短。」堂弟自知說錯話，也安慰著：「大家不告訴您，是怕您難過。老人家早點走，少受點苦是福氣，這不算什麼，文化大革命自殺的人更多。」

任何話都撫慰不了母親，她自認不孝，當年如不來台灣，隨侍在側，就能為娘解憂，省親後，她常做惡夢，倏然消瘦。

我能區分她夢囈叫的「娘」聲。如是嬌聲，就知道她進入少女的夢，在家鄉汀橋邊和小舅您一起洗衫玩水；有時是憂傷的叫，是初來台灣，少婦嗷哺，無親無故的夢；有時是哀悽的悶喊，是中年婦人歸鄉之後悲抑之聲。

小舅！我三十歲第一次回鄉見您，您驚呼：「太像了！」說我活脫脫就是母親的翻版，是您心中存了四十年姊姊模樣；爾後，我四十歲、五十歲再見到您，您說：「彌補回來了，姊姊空白的模樣填補回來了！」失去姊姊的歲月模樣，可以補回來，難怪您喜歡我。

這個月，我握著母親的手，拿著捕夢網，捕捉她的意識，尋覓她夢的源頭；我多希望自己是析夢人，能進入她的夢境。

幼時，家中就掛著祖父母、外祖父母的肖像，外公早逝、外婆亦亡，而祖父母皆長壽，一直住在鄉下。爸爸不喜往生者和健在者並掛在一起，母親就分兩頭掛。

有一次我夢見在美國的父親罵我，因台灣有個紀念文集要選他一張近照，我特意挑一張他面部很大的旅遊照，沒注意他們身後有一王媽媽，而王媽媽後來過世了。夢中，父親指著我鼻子怒罵：「為什麼挑這一張？有過世的人不吉祥！這麼不經心？」父親終究是避諱。

七十五年，父親退伍後赴美依親。到了九十年，老人公寓整修牆壁、地板，母親明明取下肖像裝箱，放公家儲存庫，待整修完畢，媽媽開箱擺設時卻遍尋不著外婆的，母親怪父親任意拿動。她心裡猜想：「我大小病不斷，公寓又狹窄，他天天看見自殺的肖像認為是在觸黴頭，唉！算了吧！」聰慧如母者從不說破，從不為此吵架。舅舅！她只好把外婆和您的那張合照裝框放床頭了。

不說破的委屈畢竟是股悶氣，她深深藏入心底了。只是她這股氣真能隱藏嗎？

因著母親最疼惜您，我數次回鄉也最喜歡和您談天，這才跟您說。

我想：父親婚後讀軍校，進部隊，和岳母甚少互動，之後相隔四十年；人因有情才不會忌諱，也難怪父親。

但，二十多年不說的鬱結藏在哪兒？我好奇。

我常握媽媽的手而眠，手是身體的聯器，我的手掌已延伸成鬚根，盤根錯節到她肉身，有如密佈全身的神經，蛛網密結的感應到她的夢。她的記憶拉成絲，我循著絲線在她夢的縫隙潛行。

小舅！您是不是也常夢到您娘？血緣互動是令人驚異甚至驚怖，我進入母親夢見她母親的夢。我的意識在她意識中遊走潛伏，夢魅膨脹著身影，我化為神經纖維束，追著、趕著她的夢，自由的在她夢的邊緣遊走。

只聽她夢囈的叫著：「娘啊！不要走！」我的意識嚇了一跳，她的夢轟隆轟隆如火車般駛來，一車廂一個夢境、一車廂一段年歲，我將每個過去都拉到當下。

小舅！每個過去，對她來說，都是永恆。她沉睡、我清醒。

今天母親特洗了外婆和您的那張合照，分送我姊弟四人，要我放在鋼琴上。

長女像我，將來她看到我母親的照片，會不會因而通聯因而做同樣的夢？夢中有母女互疊、人影交織，也有著迷離錯綜的幾代情。

小舅！當初我母親選擇顛沛，她才二十三歲。

燕鷗從北極飛到台灣要兩千公里。不飛，難忍極圈酷寒；南飛，險象環生，但還是選擇遷徙。人的命運，比百萬隻在天空翩翩的燕鷗還悲壯。人不是候鳥，為什麼要遷徙。

小舅！我小時候，母親最愛提您：大陸經過三反五反、大躍進這麼多運動，造成全民大饑荒，家人都挨餓受寒、自顧不暇，任您這個無依無靠的孤兒，為了生活，不得不在初中一年級時輟學後去外地學習手藝，她一說及就淌淚。小舅！人像螻蟻，而台灣也不是終點站，她這一代人註定遷移如候鳥。母親自嘲東方人在西方老，在美國寓居了十八年，內心充滿著無奈與感傷呀！

夢在兩岸晃遊，進入她夢裡，滿是飄泊的蓬草，在秋風中搖擺。

# 記憶的總合：刀疤們的故事

金門的影像是捲在童年手繪的地圖裡。回來金門，這一切又都活了過來，模糊的街道、房屋、景物走近了，童年的事、物走回來了。穿過地圖中央的是海浪，浪聲一直在我心中起伏。

在小時候夢裡一直聽到生父聲聲呼喚，醒後卻一片茫茫然，這是怎麼回事，難道是父親在遠方對我思念的召喚嗎？於是，我在台中市中正國小任教時，趁暑假期間到金門旅遊，藉此機會看能否見父親一面，很遺憾未能得到生父一點點訊息，返台後，夢裡生父再一次悲泣呼喚來襲，故決定調來金門一探究竟，以圓自己內心不解之夢。後來如我所願，便從熟悉又熱鬧的台中市調到金湖鎮成功的正義國小來教書，剛開始真的有一點不適應。雖然我曾在這兒出生，六歲始隨母離開；但畢竟隔了二十年，對這兒印象已漸漸模糊了；現今，舊地重遊，感慨萬千，命運真的作弄人，讓我看到這些「刀疤佬」的一生，怎麼這樣殘酷且辛酸的人生呢？

小時候，我在父母吵吵鬧鬧的聲中長大。母親生性活潑、愛賺錢，只有十坪大的眷舍圈不住她，只因住家附近沒工廠、沒商店、沒出產，貧瘠的土地使她寒了心。

母親總嫌棄地說：「這兒什麼都沒有，只有你們外省人一個又一個的海防崗哨。」記得六歲那年冬天，他們永無寧日的吵，母親執意要離開父親，她指著遠處的崗哨，嘮嘮叨叨，說：「我受不了，住這兒生活枯燥乏味、毫無樂趣可言；薪餉永遠不夠用、永遠找不到工作，我不要老死在這兒。」五十六歲的爸爸拉著媽媽的手，要我也跪著，他泣聲求母子不要走。

「你老了，帶不動孩子。」

母親終究帶著我投奔台中姨媽家，一去再沒回頭，她在工廠討生活。有了繼父之後，我過分安靜、乖巧地上學，母親怕繼父不高興，不准我提父親，也不准我說金門；金門離我越遠越模糊，遠到只剩一點一粒，像那微不足道的海砂一樣。我也曾試圖去回憶父親的樣子，但家裡一張照片也無；就算勉強想起一點，也無法連續下去，像面對茫茫大海，丟不出魚線，沒有魚線自然是勾不到那團記憶的。

我快樂又不怎麼快樂的讀高中，又考上公費的師專，直到在台中教了二年書，平靜的日子突然起了波瀾——母親得了肝癌，她很快的瘦骨嶙峋。末了，在醫院我附耳，用手指著遠方問：「媽！妳想不想知道那邊人的消息？」她看了我許久，兩行清淚落下。母親臨終前，握緊我的手，看著我猛點頭。

我知道母親幽微閉鎖的祕密花園，這從不說的悔楚已藏了二十年，我要幫她找到門匙，拉起那條勾得住記憶的魚線。

外縣市教師對調時，我填了金門縣，同事很驚訝，在惋惜聲中，我來到數百里的外島。

金門果然很遠，如果台灣是個桃子，那麼從台中市到金門，可以說是從果核向外爬，是從內部爬上來，來到果肉的邊角。現在我就站在一顆桃皮上，孤孤單單，像一滴水要面對整座大海。初來乍到，往海邊一吹風，就有隨時要被吸入海的漂浮感。後來，是陳坑可愛的學生和老人拉住了我。

忙碌的開學、安頓好租處，適應了生活已是二月二十日。在街上我會看見老榮民拄著枴杖，他們等車時我會和這些老人聊聊談談，我在其中找尋著父親的影子。這些老人操著各省口音，而他們娶的老婆常是貧窮少女、聾啞、殘障。我問了許多人都不知道誰是「陳銀川」，直到二二八那一天。

就是「民國九十三年二二八牽手護台灣」那天，我與室友跑到海濱公園，加入手牽手活動，我認識了一群七、八十歲的金門老伯伯。

那時我們站在蜿蜿蜒蜒的海岸，海上波濤洶湧、海風呼呼。大夥兒手牽手站在海岸線上心手相連，我想像台灣海岸線一千四百三十四公里全站滿了人，連成人鍊的長城，如畫地圖邊緣上都畫滿人，畫上不同的原住民、閩、客、外省人。

陰雨連綿數週，那天才剛雨霽天晴，左右邊的「金門手」粗糙硬實，這時突然颳起一陣強勁風，吹得我裙裾高高飛揚，我彎身壓下鼓風爐般的膨裙，我一個踉蹌不穩，眼看「長城」牆因我而顛仆——就要掙勾脫鍊；說時遲那時快，左邊人強勁的把我扶正，虧得長繭的手如此大力。

我亟待站穩腳跟，頭上的帽子偏偏迎風飛走；我先用力撐開隊形，再脫隊撿帽。它被風趕著向前跑，飛到公園、飛到涼亭前另一小群人中，被一個老人彎身拾起，老伯伯遞還時，我碰到他龜裂長繭的手；抬頭一看，是個癟著嘴、口中已無牙的老翁。這位老伯溫和地看著我：「不要客氣，小姑娘。」

我在涼亭裡左右張望，眼前不是一位而是一群，總共六個榮民，這涼亭距離「牽手長城」十幾公尺之遠，顯然是來看熱鬧的，我禮貌地找話問：「老伯，您們來『看』手牽手護台灣啊？」

一個眉上有刀疤，操著四川口音的人，粗聲說：「手牽手是做出來的，什麼手牽手？我呸！」他往地下吐一口痰。

一個老伯大聲說：「要說護台灣，我們這群老兵最守台。」然後回頭徵求同伴們的意見，所有的老伯們都頻頻點頭，說完他手一直抖，不由自主的抖手，大概得了帕金森症吧！我想。

太幸運了，我回頭和室友喊話，留在涼亭裡不歸隊了。我問：「您們年輕的時候就巡守海防，一直到老嗎？」但我心裡想的是父親。

他們說原來都先駐在別縣市，大約五十歲，才調到海防部隊來巡防養老。在以前，海防部隊駐紮在各海岸班哨，後來有電子設備、人造衛星等偵測海岸線，不需要戍守；同時兩岸局勢也和緩，海防班也陸續減少了。

他們都是士兵、士官長，有人單身、有人在這兒結了婚。退役都在這兒，都在金門養老。

「小老師，我們常常夕陽西下來這兒聊天，老來還是伴。」一位不經意的說。

「常來這兒聊天？」我眼睛一亮。

第二天下課再來，我找一話題，問道：「你們以前在成功海岸巡防，颱風下雨的，很辛苦喔？」我想到媽媽痛恨這兒的颱風地震。

他們說金門寒夜站崗穿雨衣還全身濕透，浪打來，只有孤孑的自己，感覺天地崩裂，那份遺世感，只有站哨知道，他們嗓門特大。

第三天，我又來公園涼亭和老兵聊天。前次接觸的老兵是怨懟慨嘆，再次接觸，這些老兵看著滿天晚霞是喜愛不捨。

和他們日漸熟了，我鼓起勇氣問：「有人知道『陳銀川』這個人嗎？寧夏省人，北方高個兒。」他們都說不知道。刀疤佬讀出我的落寞，問我為什麼找他？

當我說明調過來的故事時，刀疤佬拍著胸脯說：「我幫妳找，我們金門有榮民聯誼中心，沒問題。」

當天心情豁然開朗，我來到金湯公園，俯瞰料羅灣全景，太陽西斜，暗紅餘暉滿天，照得細沙一片嫣紅，而浪花還是白粼粼。我步入「陳景蘭洋樓咖啡廳」，倚靠窗邊，點一杯咖啡，心情真舒暢。拿出媽媽的照片，舉杯敬她：「媽！就有好消息了。」

坐在洋樓的陽台，看遼闊的海岸，又趁店員空檔時，和她聊天，我說自己是金門人，記得以前這裡並不熱鬧。

他深表同意的說：「這裡一到濕冷的秋冬，就像是一排廢墟，風吹門窗都『空隆空隆』的響，非常殘破。這四年轉運了，颳起休閒風，咖啡店如雨後春筍。」他說自己二十年前剛退伍沒工作，就回家鄉開了第一家咖啡店，以後別家陸續跟進。

「這兩年，金門人不足，都要從外地請人來打工。」我不得不佩服他二十年前就有遠見，我豎著媽媽的照片，啜一口卡布奇諾，哎！這咖啡既冷又苦。

飯後走回路邊牽車，海面星光燦燦，近處海岸點漁燈火。我仰頭輕聲對天上的媽媽說：「媽！當年要是有今天的民宿、咖啡店，您就可以在這兒工作不離家了。」回首看，潮湧大浪、風雲生變。

公園成了我每天必到之處，我們聊天，有次，我請問刀疤佬眉毛上的刀疤是怎麼來的？他說：「一顆砲彈碎片從眉毛上劃過，還好砲彈長了眼，沒有打到我眼珠子。什麼戰役？不記得了。連俞大維部長的腦袋顱骨、胸部，都有子彈穿過，大陸淪陷前，各種大小戰役太多了，哪個沒刀疤？」抖手佬捲起袖子，指著肩膀說：「我的在肩窩。」跛腳伯說：「我的在腿上。」他又說：「砲彈炸開來，被彈片打到每一片的速度如小李飛刀，千分之一的速度飛向四周擴散，比刀子和槍彈還厲害，要躲真是難。」我看到這群受傷不拘的「刀疤們」，心中很難過。我想：「刀疤只是象徵，我們心理上的坑坑洞洞應該會更多。爸爸，您在哪裡？到底在哪裡？您心裡的刀疤，換我來撫平吧！」

再下次去公園，這些老伯伯對我搖搖手，我知道還沒查到。一週後的某天「刀疤佬」指指右邊說：「陪我走到海岸，看一個人。」雨霽天晴，風已平浪未止，海浪洶湧仍在掙扎脫困。我們默默走。遠處海天交接線，一衣帶水，含著輕紗，泛著一線灰藍。

老伯邊走邊說：「盡頭有一屋是榮民服務處，這『聯誼會』是老兵聊天看報處，裡面有位老劉在看守，我們去他那兒。」

走到盡頭一屋，果然劉老坐在後院，「刀疤佬」貼著他左耳介紹我，原來劉老右耳幾乎聽不見，他咕噥著我聽不懂的鄉音，領我進門。先看到一對字聯，寫著「榮民聯誼中心」；進屋迎面牆上貼著八個紅剪字「赤膽忠心　報效國家」，標準的軍人標語。

客廳的左邊沒什麼好看，一扇拉門關上，後面大概隔著一貯藏室吧！我走向右邊，牆上有許多照片，刀疤佬一一介紹他們的聚會照，並說：「大部分人都回『老家』了。」

他又指指裡面：「老劉就住在那小房，上香是他的功課。」

我站起來，跨兩步就瞄到小房一單人床、一桌椅而已，但是牆上掛著蔣公與經國先生的遺照；兩邊床角，居然插著國旗和黨旗，旗桿還在，只是經年海鹽浸蝕，國旗已褪得不成顏色。我心中狐疑國旗和照片為什麼不放客廳而要放寢室？

回到有點紊亂的客廳，刀疤佬把左邊沒什麼看頭的拉門「刷——」地拉開，我冷不防嚇了一跳，雙腳差點退出，原來拉門後凹櫃裡，赫然立了許多紅木的牌位，牌位眾多，一排十二個，還分三排陳列。

「不是說聯誼會嗎？」我心驚膽跳，心算一下，三十四個牌位，我有不祥的預感，不由得呼吸急促。

「原本是聯誼會，老兵多半單身獨居，沒人祭祀，擺這兒圖方便祭拜。」

我感覺一陣冷，從椅上一躍而起，急忙湊近牌位，由第一排從左到右一路急尋，最後在第三排中間，赫然看到「寧夏省銀川縣陳銀川之牌位」。我扶著牆緣幾乎暈眩，刀疤佬扶我坐回椅子，一直拍著我肩膀，但我捶他，哭著：「你殘忍，為什麼不先告訴我？」

這想爸爸的痛，別人是不能理解的。我趴著桌上嚎啕，繼而嚶嚶啜泣，刀疤佬哄拍我，這才開口：「我們先以為他還在，一直查不到你父親在哪兒。昨天才想到可能在這裡，我昨天才來查了牌位。」

「今天，又不知道如何啟齒，真是抱歉，姑娘。」他繼續說：「這裡也稱著小忠烈祠，單身同袍的骨灰都在山坡納骨塔，而牌位供在這兒圖方便。小老師，妳要想到有三十多位兄弟陪他，有人常常祭祀，就不會太難過了。」

耳聾的劉老，這時駝著背，蹣跚的抬起雙腿，轉身，點起九柱香，海風也輕快地跟著他轉身。他點燃三柱香給我，我學著他先拜中間的地藏王菩薩、土地公陶像，刀疤佬唸唸有辭：「請保佑這裡的同袍，請保佑陳銀川兄弟。」又轉身朝外，向大海拜一拜。我跪在父親牌位前，哭著：「女兒不孝，到現在才來找您，您一人在金門，寂寞了快二十年。」我不可遏止的跪地不起。

去了太武山軍人公墓，看到爸爸的骨灰罈，又把爸爸的牌位從劉老那兒請來租屋祭拜。爸爸在我屋裡，和新做的媽媽牌位並列，每晚家人有幸全部到位。我安穩的輕闔睡眼。我常常自省：他們榮民都是俱足的一滴水；小水滴，面對大海，是完整俱足。我也是一小水滴，我如何瞭解大海？如何了解爸爸鰥居近二十年，爸得年七十四，那孤伶寂寞是多大的痛，日日夜夜割傷。

每次，我只能和劉老筆談，八十三歲的他有重聽，而他廣東「佛山寺」口音，我越聽越懂。占地約五坪的「小忠烈祠」，也不覺陰森；原本覺得侵入樑柱、沁入桌椅的陰氣，多去幾次就不怕了。三十多個牌位，淒慘的清冷，想必劉老早已習慣。

「我爸晚年都做什麼？」

「他有沒說過有一女兒？」

可惜，劉老認識爸爸，但又不太熟，只能泛泛地談。「榮民都習慣了，從大陸跟著部隊來台灣，日子總要過啊！」「有些人的太太跑掉，榮民都飄泊慣了，孩子離開鄉下也好。」

智慧老人安撫我，邊說邊擦桌椅，年年月月的海風，伴隨著海沙，桌椅擦也擦不淨。滿臉皺紋、嘴皮扁扁的劉老，大陸開放後，像許多老兵一樣帶大筆錢財回老家撒錢，還把金門的住宅賣了回廣東，又住不慣家鄉，洗劫似的回到金門；不喜歡住榮民之家，無錢無屋的只好寄居聯誼會「顧牌位」，居然熬了二十年。

看著「聯誼會」外面的民宿店，我苦笑著：這兒有一個很傳統的老實人住著，他家伸出去是沙灘。而他過著洞窟式的生活，在少年郎呼嘯聲中自得的讀讀書、玩個「減紅點」；隔壁咖啡店的年輕店員很知禮，都會請他過去吃飯，雖然不知他姓誰名啥，也完全聽不懂他的鄉音，只稱他「阿伯」。

多麼奇特啊！觀光客在此玩樂吵到半夜，貼著馬路邊的小室怎能安眠？最詭異的是空間錯置、人鬼共處，或許寒冷淒雨的深夜，寢室的蔣公、經國總統是鎮神能僻邪，或許國旗和黨旗也能斬妖除孽。其實，劉老敢來這兒住就是不怕鬼的。我想：媽媽的來台、劉老的返鄉都太理想化了，而我調來金門是否也背離了現實？海潮在我耳邊呼嘯，似乎在嘲笑人的愚昧。

榮民袍澤逐一仙風作古，喪偶的劉老想是最後一個駕鶴之人。劉老像是父親，我偶然探視他，再回頭看海潮，看它串起又散落，在大海的底片上，這時代有太多的悲歡離合。

「現在有您借住在這裡『照顧』它們，那將來呢？」我用筆談。

「不知道，『刀疤』他們，可以初一、十五、三節的輪班上香啊！放心，牌位放在一起，即使沒人祭祀，也不寂寞。」劉老專心的擦拭紅木牌位，慢慢地——似乎在向每一位說話。

海防人員的海不出三十公尺之外，我的海是否也不出二十公尺？牌位的主人，下輩子還願靠海嗎？

來這兒任教看海，漸漸心定了，現在能做的，只有陪陪來日無多的劉老們。看著海岸線，我常想爸爸之靈漂在海面。爸爸是海，我可以睡在海面，先手腳放鬆，再頭鬆、頸鬆、關節鬆，沒有絲毫壓力。我不思、不想睡得很安適。每個清晨都酣暢醒來，我知道：海的胸膛厚實千丈，包羅萬象、胸懷磊落如父，我是它最愛的子女。

冬日，我來聯誼會陪劉老，或唸故事或講笑話。海無聲的怒吼，我蜷伏窗口，想像自己能看到遠遠的旗魚，如果我是條長喙旗魚，對生養的海是怎樣的感謝？

有個雨夜，我站在租屋窗外，伸出舌頭，品嚐雨的濕潤，想著長喙旗魚，牠的尾鰭也很長吧！會啪啪打響嗎？夜裡，那條旗魚入夢來，濕漉漉的長尾鰭叩得我窗，「啪——啪」乍響，一直吵我、似乎邀我一探海的奧境。夢中，我跟著旗魚做仰式游泳，全身放鬆，一前一後，牠大我小，我是海的兒女。我游到台灣海峽，兩手一拉，海峽併、兩岸攏來，爸爸、劉老、刀疤、癟嘴高興的走去對岸。醒來方知是夢；再細想這仰泳的姿勢好熟悉，哪裡見過？最後才想到夢的源頭是我看過的一張照片，是劉老翻箱倒櫃的找，找到他和爸爸年輕時的合照，他仰式游在大海中，不！睡在大海中。海和我糾纏共生，大海給我呼吸、哺育了我。環著金門四周的海岸，我一路仰慕它的風華，海一定有磁性，吸著我一路尾隨。

海邊榮民一一回「老家」了，如果我收集刀疤們的故事，是不是我心中就有一個小小牌位，供奉他們、收納他們對海的記憶？

爸爸！海一定是鹹、苦、酸、澀，集記憶的總合；您，在我心中，也是。

# 媽在金門、姊在衡陽

大陸淪陷前一年，隱地的父親有機會受聘至台灣北一女中教書，他在搭乘的太平輪輪船上，認識了一位發明助孕丸（縱欲丸）的先生，請他做此丸的台灣代理人。

這個藥丸賣得奇佳，隱地媽媽有了錢之後，就堅持要他爸爸回上海，把寄養在別人家的小隱地贖回來。

當初逃難時把小隱地放在農村，十歲的他站在漠漠農田，認不得一個字。要不是他媽媽經濟好了，用了好幾袋米，一念之間，硬把小孩換回來了，他就留在大陸一輩子了。

逃難時，多少小孩，沒有如此的幸運，有些丟棄在路上、有些棄養在港口，這種小孩的人生完全走了樣。

爾雅出版社的隱地先生已八十五歲了，他是台灣出版界的大佬、全方位作家。

我曾參觀過清大楊儒賓教授「烽火尺牘——一九四九的戰爭記憶」巡迴，透過典藏之尺牘史料，特展重現彼時大時代背景、國共戰爭年代的人際交流，我深知一九四九年來台簽證，是多麼難得到，逃難時多少小孩帶不走，丟在車站哭嚎。

小隱地是幸運的從大陸被接來台灣，而下面的故事——小飛鸞卻被留在衡陽，來不成台灣，他們兩個小朋友的人生完全不同。

## 一、妹妹篇

三歲時，媽媽拿著一張留著長辮子的照片掉眼淚。我問，她答道：「妳還有一個姊姊留在大陸，她比你大兩歲，不知道她變成什麼樣子？爺爺、奶奶把她照顧得好嗎？」照片裡的飛鸞姊姊眼大眉粗，長得極像我。

我心想：如果有姊姊多好，鄰居小孩就不會欺負我了。我會跟小毛說：「你欺負我，我要叫姊姊過來打你。」「騙人，叫她坐船過來幫你啊！」

六歲時，媽媽又在看那張照片，我出點子，說：「寫信給爺爺呀！就知道她變成什麼樣子啦！請他寄照片過來，我要看看她。」爸爸回答：「大陸跟我們沒有通，姊姊不能過來；也不能寫信，寄到大陸他們收不到信。」

十歲，媽媽又在叨叨念：「國共內戰，妳爸爸在前線打仗，從上海發電報到衡陽，要家裡堂哥立即送我到上海會合，我不肯走，爺爺堅持夫妻不宜分開。我要帶飛鸞一起走，奶奶怕危險，不肯。堂哥把我送到上海後就返回，妳爸爸請了一位機伶小兵來接我到部隊，就這樣我倆去了台灣。」

我再長大一點，就跟爸爸說：「不能寫信，那就請別的國家轉信啊！」爸爸憂愁地自語：「大陸這幾年不安定，大躍進過後又是全民大煉鋼，搞到大饑荒，他們成分不好，寫信怕連累他們，唉！不知妳姊姊餓著了嗎？」

我十五歲讀高一時，毛澤東發起文化大革命，紅衛兵作亂連連，全國陷入一片混亂，像我一樣十五歲的學生都離開家上山下鄉，安排到山區、農村生產隊。我則努力在拚大學聯考，大陸認為傳統教育為資產階級教育，學校關門，也廢除了高考；我常常在想姊姊向農村學習耕種多有趣啊！哪像我天天要 sin、cos、tan。

我大學時，姊姊應該還在插隊落戶吧！大學畢業後隨夫到美國，繼續讀研究所，一來美國，我就寫信去家鄉尋親，爸媽都祈盼我的佳音。等啊等的，終於收到了大陸的來信，我欣喜若狂，顧不得國際電話的昂貴，立即致電回台灣，說：

「媽！飛鸞姊姊和叔叔還健在，爺爺、奶奶走了。」爸媽獲知此事，熱淚盈眶、既悲又喜。

再過幾日，收到姊姊的信，信封袋紙很薄，信紙紙質粗劣；特地去拍了照片。她五十歲也結婚了，鄉下人直髮像學生，我則是大波浪頭，我面容似她，她鋤禾日曬看起來比我老三十歲。接著，我除了上班、照顧幼子，生活重心全在兩邊連繫上。姊姊的信如雪片飛來，姊姊小學畢業，但字體工整、文句還流暢，最難得的是她很有禮貌，對父母不僅無怨懟，還有無盡的思念，我真高興我有一位好姊姊。

父親為了早日見到姊姊，要我幫忙申請綠卡，他也提前退伍，綠卡下來，兩佬移民美國來我家，當時兩岸尚未通航，我忙不迭地先安排在香港會面。我帶著父母橫渡飛來香港較容易，而飛鸞夫婦要出遠門，可大費周章。首先，我寄給姊姊來回香港的機票，再寫信給她，如何從衡陽鄉下搭車到長沙、進而搭機到香港？再寫信給她，又如何坐計程車到香港酒店？如何辦理入住登記？唯恐她應付不來，一個環節閃失，驚恐的迷失在茫茫海外。

我們入住麗豪酒店，發現姊姊尚未進住。我到櫃檯一問，方知她來過，未見我們，說是暫住在附近的青年旅舍，爸爸著急地說：「已經跟飛鸞講過已付了酒店費用，請她安心，她怎麼還不敢住呢？」

她會認路嗎？是被酒店旅客的眼神逼出門外？在退出大門，她會想什麼？走在尖沙咀，她腦中會不會想自己打扮土氣，我不該訂麗豪酒店的，它像皇宮，十層大玻璃亮起，門前有噴水池、樹燈。姊姊是被我逼走的。維多利亞港邊燈火輝煌，飯店是天邊的星，一路走著走著，我真後悔；她一定想著美國更有錢，爸爸住美國，生活比這富裕，一定更自卑。

## 二、姊姊篇

來到妹妹幫我訂的櫃檯問，美國的爸媽尚未到，嚇了我一跳，如果他們來不成香港怎麼辦？這真是夢幻的一天，櫃檯人看我打扮土氣，眼底洩露一抹輕蔑，我被這一眼逼出門外，我頭暈的退出大門，蹲在馬路上，想：他們如不來，我是付不起酒店費的。看著閃爍霓虹的彌敦道，盡是炫麗餐館，耀眼百貨商場、華美高樓，我想了許久，抓住拖拉行李的背包客問道：「小伙子，這附近有沒有比較便宜的旅舍？」還好，這香港人聽得懂我的湘音土語，沒扁扁嘴、眼神也不輕蔑，點頭回應並為我指點迷津。

我回酒店留下地址請妹妹來旅舍找我。我躺在青年旅舍，就踏實多了。這二個月嘈雜忙亂，而心的嘈嘈喧喧更甚於外表，四十年不見的爸媽，怎麼突然冒出？這是虛幻的泡影吧！我在心裡，一頁一頁翻著自己的「回憶錄」。

從小，爺爺常常對我說：「國共內戰、局勢不穩，妳爸爸在前線打仗，從上海發電報到衡陽，要堂哥立即送妳媽到上海會合，她不肯走，我堅持夫妻不宜分開。堂哥把她送到上海，達成任務就折返回鄉。妳爸爸請了一位機伶小兵來接妳媽媽會合，就這樣他倆去了台灣。」

奶奶的話也常常在耳根長了繭，她說：「妳八歲，衡陽鄉下人都以為打完仗就可以回家了。你媽捨不得妳要帶妳逃，我不肯；因妳姊姊二歲夭折，我當她是『紅鸞』飛了，妳不能再閃失。」又說：「把妳留下是對的，逃難，多少小孩帶不走，丟在車站哭嚎呀！」

四十年悠悠忽忽，我對媽媽有印象，八歲前，佣人每天拿鮮花來，她把茉莉花或梔子花插在髮上，擁我入懷時淡淡香氣傳來。這香氣二十年前夜裡不時飄來。解放後全家掃地出門、打成黑五類；偌大房子不准住，爺奶住到柴房，大宅院分給十戶人家。兩老清算過世後、輪到叔叔被鬥，十歲，只剩我一人，我安慰自己，要勇敢面對未來。彼時，我一家轉過一家，直到末了，一個人站在街頭乞討。

我在饑寒交迫、冬夜乞討時，偶而在人屋簷下會想念媽媽身上的茉莉花味，我安慰自己：「爺爺奶奶早點走，少受點苦是福氣，我受這一點苦不算什麼，三反五反、大躍進各種運動死的人可說是不計其數。」而後來香味愈來愈淡，即使十歲在街上乞食，偶爾，我會閉眼拿著捕夢網，捕捉媽媽，希望能見進入她的夢境，她在台灣也想我嗎？但瞬間我就狠狠搖頭，搖下媽媽的影子；畢竟，想媽媽、想她的香味無法填飽我的胃。

爺爺過世，我住叔叔家，叔叔成分不好，都是父母害的，我不怪他抑鬱不順，不怪嬸嬸夾雜暗語、鋒利刮人，我總是默默承受、乖順幫忙。

村幹部舌燦蓮花的嘴鼓動大家，權力塔尖上的幹部成了故事達人，事後的猜測、傳言不斷的加油添醋，形成了一則匪夷所思的故事，這或許都不是事實。他們說出父母為了來台灣有著不同的版本，爺爺的說法成了傳說，他們說父母不應該棄女於不顧、說父親位高權重不願意和人民走在一起、怕被抄家帶走許多財產，他們公審爺爺是牛鬼蛇神，我則是人人吐口水的兒童，我是悶頭的地鼠，偶而伸頭凝視叔叔、嬸嬸，他們亦是受害者，三反、五反時，他們寬容我，我就小心應對自閉過日；我會照顧叔叔的三個娃娃，爸爸逃到台灣，他是地主、富農、又是反革命、壞分子、右派，是真真實實的「黑五類」，讓全家族蒙羞受害，我只有低著頭在嬸嬸家，日日煮飯、洗衣。

輪過叔叔家，大煉鋼時期，寄身姑姑家，我也不怪姑姑，姑丈充軍，大陸經過這麼多運動，姑姑也挨餓受寒、自顧不暇，日子苦還要照顧我。

姑姑病倒，我孤苦伶仃，一直困在饑腸轆轆裡拔不出來。寄住別人家，我分不清自己是人？還是一件寄放物，這家嫌棄時，我得隨時挪移。幸好小學老師收留我，我吃喝不愁，但老師下放勞改後，師母一直對我叨叨念，我只能離開他家，十二歲了，各處打零工，在大飢荒時，大家皆有子女，我只能流浪乞討。

我逆來順受，學到打雜、自立、忍讓。就這樣三餐不繼，和許多流浪兒一樣稀里糊塗的長大。躺在小旅館，回憶自己像牛般的生活。

生活如磨，磨人長大；生活如磨，磨人婚嫁，他也是莊稼漢，同村苦難人。

一日，好久不見的叔嬸，欣喜若狂、奔馳而來。叔叔手拿皺巴巴的信，說：「阿鸞，這信輾轉多日到我手上，妳父母出現了，從美國找上咱了，哈！我哥哥出現了。諾！一封給妳，一封給我。」

接著父母、阿黛妹妹的信如雪片飛來，來得太密，來得天旋地轉；一個月後瞬息更是萬變，在我以為還在做夢，他們要來香港見我。回憶如轟隆轟隆火車般駛來，一車廂一段年歲、一車廂一個夢境，我將每個過去都拉到當下，每個過去，對我都是滄桑。

他們要來，忙不迭地從美國繞一大圈來了，兩邊還沒有開通。父親退伍赴美跟台灣出生的妹妹同住，就是想見我。阿黛會帶父母來，還寄來香港來回的機票，她一再叮囑細節：從衡陽鄉下搭車到長沙、進而搭機到香港？再寫信給我，又如何到香港酒店？如何辦理入住？唯恐我應付不來。

陌生的旅舍窗外寒星微冷，犬吠貓鳴，我難眠鎖著眉心睡；阿黛來到旅舍，她接我回麗豪酒店。妹妹小我九歲，五官端麗，嫩白細皮、面容似我，保養得宜比我年輕三十歲，我挽起她嚶嚶的哭，我一看就喜歡她，我是大姊姊裝著開闊，一點都不羞澀。從書信往來得知，她就讀台灣最好學府商學系，大學畢業後隨夫到美國，繼續讀研究所，而我卻一輩子農耕；鄉下人是不燙髮的，我直髮裝成清純大學生，妹妹是燙個大波浪頭；兩個弟弟沒來，但我在來信中已經知道一位弟弟是博士、一位弟弟是學士廠長，他們三位在台灣受良好的教育、有好的職業，而我連小學都沒畢業，真是咫尺千里。

她帶我面見父母，走回酒店，出了電梯，我跪到爸媽前磕頭再磕頭，我們泣不成聲，我終於見到父母了，他們面孔依稀，但還是模糊，我的苦難不算什麼，他們的傷痛最重要。我又黑又老，臉上皺紋比媽媽還多，我的心比裝扮還要老。他們睜大眼盯著我看，爸媽一直擁著我。香港三天，我們講了又講、哭了又哭，我知道父母會想盡辦法補償我，近五十歲，我第一次享受蜜漬般親情，它微醺醉人，我窩在母親身邊，一享貪歡如孺子。有時我想著人生真的很荒謬，每段時期都是難、難、難，你以為現在很難，誰料，日後更是難上難。我從不知世上有花朵般的珍饈美饌、從不知家具如此富麗，我甜在嘴裡、苦在心裡，比起來，山居歲月，真是貧困至極呀！阿黛深覺虧欠我，一直說：「犧牲妳是不對的，妳不該像電影中的少女受這麼多苦；妳不該像螻蟻一般的活著，我要補償妳。」我只覺心靈不再寄居。

爸媽忙著籌劃，三個月後終於回農村了，他們是首位美國歸來華僑，帶了比人還高的三皮箱禮物、疊疊紅包送至每家；到伯叔姑舅家，每家皆放一串鞭炮，全村似過年，熱鬧的村民如潮水湧進湧出，聚在我家門口，像看妖怪般的評頭論足，每家煮一大壺糖水待客，爸媽果然是富人，村民羨慕又嫉妒我；家中請廚子來作菜，開流水席大宴家族三天。叔叔有次悄悄地問阿黛，說：「聽說中國人在美國只有三個博士，你家弟弟佔了一個，另外二個在哪兒？」阿黛搖搖頭說不知。

到小姑家，爸爸尤其激動，他說：「妳不是我妹妹，以前小時候我燙傷過妹，她手上有傷疤。」小姑把衣服一捲露出袖子，果真有一條傷疤，兄妹抱起哭成一團。爸爸不認得妹妹了，因為她老態龍鍾，看起來比爸爸還老。

媽媽回娘家了，我這才初次見到舅舅、舅媽，他們都在種田。全家人哭著、笑著時，我泛紅眼眶看著一屋子人，看著窗外，不禁想：「十歲我嘗盡艱辛，你們在哪兒？我與媽媽家藕斷絲連的血緣好像沒有相連。」看著舅舅對我閃避的眼眸，我又轉念：你們也苦，不是不救；想到多少流浪同伴都餓死，我可是撐過來，於是我抬頭挺胸又微笑看著舅舅。

之後，爸媽回鄉無數次，破鏡能重圓，我享受天倫之樂，此生足矣！阿黛很孝順，父母下崗了，聯絡雜事都靠她。

爸、媽一直想把我移民到美國，我一句英文都不會，妹妹說沒關係、不害怕。還好，戶口核准不下來，手續從鄉下已走到衡陽市黨委書記，還是礙難照准。黨委書記說：「妳住在鄉下，不是城市戶口，現在沒開放，鄉下戶口就是不能移民。」他們動關係、說破了嘴，已到省委書記還是不成，還是等以後再說。真是難為他們了，原本一直寄居找不到路，如今我安份守己、從不要求支援。

而叔、嬸聰明，他們要買房子，特別寫信到美國給爸爸，說：「你兒女個個都有房子、生活富裕；我當年因受牽累是黑五類，還幫忙照顧你女兒，請多多幫忙。」阿黛幫父親回信，說：「叔叔，爸爸老矣！不是住美國的華人都富裕，我當年也是打拼、貸款才能在美國買房子；我們姊弟可以合資現金，但不能全部負擔，對家族人也公平。」為此，叔叔還跟我抱怨。

我從來沒要求，阿黛姊弟主動在鄉下幫我買下一幢磚屋，過二個月，我就喬遷入住。

## 三、妹妹篇

三個月後，一天我下班，姊姊又來信了，收到一封是姊姊家地址的快遞，但，筆跡不同，打開一看，嚇了一跳，信的字句艱難、塗塗改改，歪七扭八的寫著：

岳父、岳母大人：

稟告一不幸之事。台灣小弟來中國出差，特地飛來長沙看我們。阿鸞上週非常高興地跟小弟見面了，她說她的二個弟弟終於都看到了，她們心滿意足的相處二天。小弟飛走後，別人介紹她難得來到省會，街上有一個推拿師，治腰酸背痛非常有名，她種田長期腰痛，推拿後又買了他推薦的藥，吃了幾天就過世了，我們搶救不及，成藥太強和心臟相衝，她心肌梗塞了。

我和兒子痛哭失聲，她才五十歲呀！沒讓她享一天福，我不甘心，但也挽救不了。

尚請兩位大人節哀、順變。

敬禮

節哀

女婿 XX跪拜

元稹有〈哭子〉詩：「寂寞空堂天欲曙，拂簾雙燕引新雛，頻頻子落長江水，夜夜巢邊舊處棲，若是愁腸終不斷，一年添得一聲啼。」「夜夜巢邊舊處棲，一年添得一聲啼」，是的，喪女悲痛如錐，刺傷了白髮人。

我覺得姊姊像破殼小雞，人生剛剛有一點希望，造物主偏就來戲耍，藕斷絲連的血緣、千辛萬苦尋到的血緣，上蒼為何又在刀口上舔血？五十歲充滿了悲歡離合，我眼中滿是飄泊的蓬草，在秋風中搖晃。

# 尋找金門地圖

金門老家影像捲在我幼時繪製的地圖裡，偶然打開，一切像霧，被老舊事物遮掩；闔捲起地圖，老家又在我心中起伏。

媽媽的老家影像比我更深沉，老人家八十歲了，執意要從台北來金門尋根。我們只好帶她來，首站停在金城西門，我們在浯島城隍廟旁停車，媽媽急急下車，自顧自走向光前路四十二巷內，我和爸爸趕忙扶她。

只聽她老人家說：「你們確實是這裡？老家怎變了？」眼光掃描這幾棟露磚餡瓦的斷垣殘壁，她驚心的撫著胸口。

我說：「媽，確實是這裡。早說了，金門有太多房子長期無人住，就變這樣。」我看見爸爸、弟弟的表情明明知道是一座破破爛爛的樓房，但親眼所見家園傾圮，還是有點驚心動魄，我也咽喉似梗一物，走時，再回眸看看這樓。它每一個斷裂的牆壁都再看著我，而窗口還在。

我故意輕鬆的說：「媽，我永遠記得，小時候，金門特殊的紅粿，只有金門的『紅龜粿』才是糯米粉拌入煮熟的地瓜塊，台灣人是不摻入地瓜塊的，有黃地瓜、有紅地瓜做成的糯米糰好看又好吃。弟弟愛吃糯米糰包上花生蒸，我則愛吃包上蘿蔔乾絲的；金門的壓粿模種類也比台灣多，壽桃形、套錢形、龜形、桃子形真好看。住這裡，好多廟會，謝謝神明保佑我們長大，拜天公廟、祈願的、廟裡還願的。」

弟弟也哄媽媽，說：「這房子好啊！住這裡，民間廟會、喜慶多，豐富了我的童年。光前路巷子非常多，適合孩子怎麼躲迷藏，父母也追不到，哈哈。」每年農曆四月十二日城隍爺聖誕，廟會味兒、化妝過的孩子坐在上面遊街的蜈蚣陣，五十多年來一直跟著我們，吹到童年夢裡。

金城西門傾圮了，租車又開到了次站陳坑，陳坑房子已夷為平地，只有一家家的客廳水泥地還在，算到我家方方的水泥地，這時眾人不發一語，皆在滴血。回憶像強風，紛亂了思緒；大家憶起當年種種，像憑弔同一座古戰場，緬懷各自的區域。每個人都閉嘴不言。村子倒影過我的年少，與父母共藏過四季不同的色澤、共藏過修屋、烙餅、灌香腸、屋倒淹水的年歲。眼中曾有近萬個故事，如水線滴滴零零地滴落；巡視一落落似曬書場般的水泥地，故事似書、但更像魚乾般攤著、白白地瞪著天空曬著。彼時只見水泥地，除了一方水泥地，也無可回憶，其餘塵歸塵、土歸土，似乎沒有人住過這裡，記憶會被水泥刮板耙平的嗎？我們在此住了七年。

最傷心的是我媽媽，她愣住了，回坐車上動彈不得，不言不語。回憶爬呀爬，螞蟻般輕輕騷著她，一年一年地往從前爬，擋也擋不住，說：「回金門、回金門老家！」她在台北弟弟家天天碎碎唸，倒映在她眼裡的一定是四、五〇年代金門的種種。她天天吵呀吵，現在終於回來，卻澈澈底底撲了個空，只有空氣在迴旋。我和爸爸帶著她在金城西門尋找、在陳坑尋找，我循著媽媽的眼神，也在尋索自己童年、少年；像小草「注視」夕陽般，看著一切回憶閃現的光芒一步步消失。

當天晚上入住民宿。飯後我媽媽仍不語，我故意問：「媽！當時陳坑是個怎麼樣的房子？」

爸爸等了三秒，代媽媽回答：「本來是軍營，我花了十塊大洋頂下來。大雜院木頭房子用六根石柱撐著，分給熊家、侯家、溫家和我家四家住，共住十二人，你們是一歲、三歲、四歲；只有公用的廁所、廚房，大家得輪流作飯。熊伯伯是我大陸同學的弟弟，我在部隊，一週回來一次，有了熊家照顧，我就放心了。」

我記得侯媽媽很兇，她們家來了客，在走道上貪涼快，擺茶杯聊天，三歲的我要上廁所從客人杯上跨過去。侯媽媽生氣的罵我，到了晚上，媽才想起到廚房煮飯，侯媽媽一直斜眼瞪她，媽媽只好在她家窗前大聲訓我。後來，侯媽媽也為要查緝偷餅乾的小娃，而作勢拿菜刀要剖孩子們肚子。

在民宿聊天，媽媽開口講了一個我不知的故事。

溫先生家廚房汽油爐突然燒起來了，房子全是木造榻榻米，他抓起爐子就往後面水泥地一丟，火還在燃燒，甚至燃燒的更旺，溫先生拿起一床棉被，想要滅火，溫太太搶下、捨不得那床棉被；溫先生情急下穿著厚厚棉大衣，用身體坐上去撲火，火是滅了，身上著了火，立即沖水，發現嚴重灼傷，在沒有電話、沒有一九的年代，溫先生被抬著送至一百公尺外的尚義醫院，到了醫院因重度灼傷，三天後過世。

我躺在民宿棉被裡，悲哀的想要掉淚，想不出那窮困的年代，會為了一床棉被而失去先生？這才想起我和溫家女兒曾經是同學，幾乎沒聽到她開口說話，異常安靜。長大後，她被列入失蹤人口，再沒跟任何人聯絡，她哥哥晚來也很怪異，現在追蹤起來才知他們眼見爸爸出事。

夜深了，臨睡前我爸爸又補了一個我從不知的悲傷故事。

吳先生是醫官，有一個精神病患者極會惹事，軍方請吳醫官陪行要飛到台北醫治，「老母雞」運輸機飛到一半栽到海上，全機人全罹難，那時候我才兩歲。至此吳家命運突變，大姊代母職，扛起全家重擔，她高中畢業就到金門播音站做播音員，以後又轉到台北中廣，成為知名的播音員。全家靠她支撐，後來她從台視播音員退休，到香港作正音老師，現已八十多歲。遙想當年她一口京片子，人聰明又漂亮，我不知她家從小就沒了爸爸。只記得十六歲時，在村子我看到一姊姊氣質高雅、風姿綽約地走來，事後鄰居才告知這就是吳家姊姊。父母皆不是愛道人長短之人，中年的我乍聽此事，真是輾轉難眠。

媽媽尋訪金門澈底失望後回到台北，先是抱怨連連，這不對那不對；她傷心時空迴異，媽媽老了，八十歲回金門還願，才知道回不去當年的金門了。回台北家中，她幾乎碎碎念念了二年，似乎在為過去「誦經」，「超渡」前程往事。我每次去看她，弟弟都說碎念似「唸經」，要吞下她嬌生慣養的苦楚，排除時代裡的「毒」。

媽媽在娘家湖北汀橋是地方望族。大伯做過清末福建省的道台，大伯回鄉里為大家族蓋三進五落、樓台亭閣。我媽媽從小長在官宅亭台裡。富家女只會女紅，沒做過家事。

媽媽二十歲嫁來華容時，嫁粧十大箱、排場竟然拉至一里長。有這等風光，夏家大灣圍觀的人都嘖嘖稱奇。出嫁有排場，除了靠父母，還靠媽媽能幹的大哥。大舅請了一個裁縫師在家裡住半年，選最好的絲綢，為媽媽做了四季新衣、四季新被。

媽媽婚後，爸爸在外讀高中，又讀空軍機校，結婚三年在婆家，奶奶很疼這個長媳。認為婚後兒子一直不在家，媳婦嫁過來很可憐，教媽媽做各種家事；奶奶疼媽媽讓她回娘家可以把小叔、小姑的鞋樣、鞋布帶回去，住了一、二個月，納好二十多雙鞋再帶回；其實，都不是她做的，她只要吩咐，下人就做了，她就吊著膀子玩。

民國三十八年風雲變色，烽火燒到南方，爸爸回湖北鄉下，接她跟隨部隊走天涯。在衡陽得知懷孕，到柳州二個月是用行軍床睡在大倉庫裡，到海南島又等船二個月。抵台，朋友介紹到屏東機場邊去租茅草屋住、被蚊子叮成大花臉，終於分到潮州眷村。

剛安定下來，我姊姊生了。滿月殺了一隻雞，在公用水池拔毛、洗雞一時疏忽，姊姊從大床上跌下來，流了滿嘴的血、滿嘴的泥，媽媽不會帶小孩、不會做家事，都在眷村從頭學，自此富家女變灰姑娘，纖纖手指變粗礪指。爸爸在幹校讀書，媽媽一人帶零歲、兩歲、三歲娃娃，還不知道有沒有眷糧，每天只吃青菜、豆腐，營養不良好幾個月。尤其剛生完老三，坐月子時，突然來了大颱風，媽媽一人摟著三子過日子。

從屏東到金門，搬過六個眷村，現在，九十歲的她記憶快速退化，慢慢有些失智，似乎腦中記憶迴路被堵塞，不通的她慢慢地由守候到失守，都快認不出人了，每天只訴說自己的腰酸背痛、眼近盲耳近聾。

村子影像捲在我童年到少女時期裡，我知道媽媽繪製的金門地圖跟我的不同。媽媽回了一趟金門後，模糊的一切走近又走遠了，不曉得地圖上還留下多少影像，但地圖上一定有聲音、有色香味，一直會在媽媽、我的心中迴盪。

# 霧樣童年

瞇眼想，那條被香茅草割傷的小徑。

那時它們比我還高，蘆葦草似的葉鞘鱗片，邊緣粗糙，我們割傷、奔跑在小徑。感冒了，奶奶割來一大把，煮出一屋子濃烈檸檬香。五〇年代許多農田都改種香茅草，鄰村人家，縮一座田於一瓶瓶精油，她是一種氣味，金門的。

台北流行芳香療法，美體小鋪的小姐拿出一小瓶精油，她說：「這種草可薰、可擦、可沐浴，滴滴清心提神、抗老又減壓。聞聞看！」我吸一口，立即說：「這是香茅油。」不禁向她細說小時候在外頭撒野，採一片芒草般的香茅聞聞，就是這味道。

我甘願受哄誘，買了薰的、沐浴的香茅油回家。在台北開瓶，像把家鄉滴在日本浴桶裡，倒下一小瓶，濃烈的味道撲鼻而來，

瞇眼想，那條被香茅草割傷的小徑。身、心浸在香茅油的熱水中，漂洗經絡如

水草，桑拿在浯江溪，我的幾億束神經在水中清洗，如幾億根大菁染線在溪中漂洗、數億根紅麵線在香風中吹動。筋骨疏鬆如回太一。白茫迷霧中重回金城，隨群童沃野中追風，翻飛在一大片香茅草中。

瞇眼想，都是霧樣童年。

一天，台北鄰家屋內流洩出南管「喔伊—嘿—」的弦聲，我頓時跌入父親載我的車輪裡。幼年時的夜晚，長長的光前路上，窩在父親的車桿前，父親鬍渣扎我，咯咯咯笑聲外，總會聽到幾戶屋裡傳來優雅又哀傷的琵琶聲，總會看到老人家坐在店前拉南管叮叮噹噹聲，一曲清越，聲音踩進腳踏車的輪軸裡，月色更透涼，轉動的車輪，把琴聲、輪聲、蟲聲，踩成一條伸入父女的銀絲帶。如今，我學會沉思、享受孤獨，一定源於七八歲時就在沁涼月色中浸了又浸。我長大，學會聽南管古樂，這南管喃喃自語一段，繼而和我對話一段，只要聽過就很享受，我喜愛這恬靜、幽雅、清越，意境悠遠的悅音。

瞇眼想，那條暮色的薺菜路。

我四歲，暮色襲來遍野，綠蓮花葉，矮矮鋪在腳邊、小路旁。媽媽攜我，拿著一字起低頭挖採薺菜，攜我在路邊彎身長長的草蔓延了一大片，黃昏的熱氣襲地而來。

我採著野花仰頭問：「採薺菜做什麼呀？」風從海邊朔朔吹向山坡路，我的裙角吹得老高。

「爸爸要回來，我們包餃子吃。」黃昏的暮色圍過來圍過來，暮色一定長著腳，看著她走過來，哦！浸染過來。沿山坡生出一朵朵，薺菜似乎包起我，包捲在回憶裡，像吃了春天，一嘴鮮香。

這之後，看到類似的景緻都會浮現寂寞、荒涼之感，不知是四歲時孕育出來的感覺嗎？五十年來，一種暮色抒情到中年，彷彿暮色是有腳的。

金門人啊！不論現居何方，耳朵總會響起浪聲、弦聲。

# 輯四　行到水窮處

雙鯉古池（李增松提供）

雙鯉古地
古龍蟠鎮福庇寧鄉
廟外龍勝鍾秀氣
湖中鯉躍顯英風

# 蔡厝古道——致明朝・童生蔡復一

我雖身體殘缺，獨眼、跛腳，由家僕扶偋，仍可坐騾子上學。
我又發覺一條蔡厝古道路像一本線裝書的線，
串起一本寫滿了壯年起起落落的「活書」。

走進蔡厝古道，向左望，「那座山」即以巍峩峻嶺之姿迎我，我眼力差，九歲時騎驢，家僕扶著，去讀長福里的私塾，站在山的北麓看它。

當年同窗友元華，烏溜溜大眼卻是近視，他說天天看山可調整眼的焦點，他早晨在學堂走廊凝視，我也在旁陪視。太武山北麓的這段古道特別高聳拔起，山迎面挺立在私塾學堂正前方，依稀可見一、二條土石河道懸於青山中，大雨後黃練突增四、五條倒掛，歷歷可數。晌午稍過、山中雨歇，又自然消失不見。我們數著、找著，每每樂此不疲。

步道的「元碑」歷史遺跡也，乃鹽場的力證。元朝，鹽是官府設局販賣，金門設有浯洲鹽場，編有司令管官，雇用民丁灶戶煎鹽；官方興建倉儲囤鹽，分召商運且按歲收鹽稅。元碑完整稱呼為「元浯洲場築寨砌路碑」，為紀念忠翊校尉浯洲場鹽司令陳元澤募款建築山寨和石路，以防賊寇，以利商旅行。

彼時，我日日讀山，讀它的晴時壯麗、雨時空濛。雨日，搬把椅子，常在走廊斜坐，日久悟道：山是萬物、大地的代表；我居其間，求得天人合一。山代表永恆，而下雨的「時間」是一「瞬間」；一瞬間拖著時間跑，遠山黃瀑布成形了，帶著我的視點一直跑，山的「空間」受到自然變化的擾動，瞬間又消失。不留意是看不見這些的，彷如幃幕被揭開，一瞬又闔上了，而我和同窗友元華窺見那奧祕。

中年後，偶而再回蔡厝看山。山，靜靜的坐著和我對話，我領悟了定功，正如「香象渡河」截流而過。一個智者的妄念，可以立刻切斷，就像香象四足直入河底輕輕鬆鬆就過了湍急的河，矮小的兔、短小的馬就不能切斷湍急。假使我們有這個氣魄，能把自己的思想截流而過，那是尋到真正的定、靜。

幼年宅第偏遠，蔡厝人一離開山，就像離開母親，心唏唏嗦嗦的暗自漂流，時刻想和母親親密，陳淵牧馬監、江夏侯周德興、青嶼張鳳徵進士、蔡厝鍾惺進士、同安蔡獻臣進士、平林蔡貴易進士、瓊林蔡守愚進士，出走又返，形成金門人獨步的學問。

早年先民肩挑鹽及豆腐，經此道至山外買賣，有「鹽道」與「豆腐古道」之稱，可謂是與常民息息相關的歷史古徑。以天然岩鋪設而成的古道，上坡路段頗多階級，當地人稱為「百二階」。

這種渴求依偎母親的想法，長大後透過認知，才擴大為對婚姻、家族、原鄉的依侍，乃至對族群、民族的依戀；這種「依戀」之情，一直存在：蔡厝人離鄉後的不安、孤獨、鄉愁，都是「依戀」不得後的另一種身體表徵或轉移。

蔡厝偏遠，蔡厝母親和土地的形象確實是我們最早、最不易自覺的銘印現象，即使成長後尋尋覓覓，有所解除也只是短暫的疏除。這種渴求常會貫串一生，形成永世的孤獨感。

成長後回蔡厝，就像回到原初。是蔡厝古道的召喚？蔡厝山理直氣壯的立著，他鄉的山都沒它的拔地擎天；我知道企圖與母體合一而不能，我在外地寓居，一回到蔡厝看到它的莊嚴法相，淚不絕淌下，它洗刷了我在紅塵的悲笳聲動、傷痕憂情。蔡厝山亙古不言，我九歲時就知道。

> 大、小石階頗多，步道多位於樹蔭林間，春秋季節行履涼爽，途間手足並用，登上山頂瞭望休憩，鳥瞰山高海闊，景色妙絕。至於「元履湖」、「敬夫池」，乃元朝官員走過之跡、人與人相敬如賓即可，不必拘紀念敝人。

九歲離開家鄉，每次回來，在山水相撞、山溪相激下再看它，發現這裡充滿皺摺。家鄉是一本探究不完的大書，我不曾對一座山這麼努力地「翻查」和「步履」，而蔡厝人活在各地，也都是一座座充滿生命力、累積智慧的活動山，我充滿好奇，沒有一座「山」我肯「放過」。

九歲，我是在山腳下仰視它，像是立在山的歸零點，搓手，躍躍欲試，不曉得它會寫入我生命的第幾頁。

中年後，經過我俯視、側視、近視，蔡厝是一本更深且厚的書，我一頁頁往前翻著讀它，才發覺一條蔡厝古道路像一本線裝書的線，串起一本寫滿了壯年起起落落的「活書」。

*

蔡復一生於金門蔡厝，字敬夫，號元履，明朝人。九歲後隨父親旅居廈門，明萬曆年十九歲中進士，長江決堤，蔡復一治水有功，官至兵部左侍郎、總督貴州、雲南、湖南、湖北、廣西軍務，治苗有戰功，官至「五省經略」，是經營征服邊陲之地，總轄軍民的重臣。天啟年，因染瘧痢，病故於貴州，追贈兵部尚書。民間流傳，蔡復一身體殘缺，獨眼、跛腳又駝背，戲稱「蔡目一」。

蔡復一既要帷幄運籌，領兵打仗，又著書立說（著有《遁庵文集》）。劉大杰之《中國文學發達史》，文學浩湯長流五千載，只舉金門進士一人詩，即是蔡復一〈登太武山〉。該詩原題：「故鄉浯嶼海水四環，余家負海印山上，多名蹟，秋歸旬日，僅一陟其顛，匆匆無暇，聊一詩志之，俟他日悉賦也。」詩曰：

仙嶼孤懸雪浪春，桑麻舊話課鄉鄰。
飲從十日抽身暇，山別多年入眼新。
小鳥呼名時報客，幽花迷族卻依人。
雲巖月照香泉好，一酌松風濯世塵。

其詩清逸，詩意謂：吾呼叫小鳥之名，鳥應我以合鳴，幽靜花叢迷路多，花依戀著人。赴海印寺，見太武巖如雲片；蘸月池水被月浸過，沾了香氣成香泉。

寫浸月池的還有洪受和黃琇。洪受在〈詠太武山十二奇〉詩中詠：「山嵐未盡月期初，汲水耀金孰欠餘。意氣相將今夜賞，須彌跳入廣寒居。」黃琇〈太武山十二奇記〉描述它「雨不溢、暵不涸，晦明未定，常有日月照其中；蓋得乎日月之精，而光耀其形」。洪受、黃琇詩想法不脫老套，皆不及蔡復一詩之機巧。

家鄉走過數甲子，走過篳路藍縷。家鄉山，教會我時時詩意地棲居，它讓我能自在的仰望。

# 從傳令兵到詩人——辛鬱

戰矣哉，骨暴沙礫！鳥無聲兮山寂寂，夜正長兮風淅淅。
魂魄結兮天沉沉，鬼神聚兮雲冪冪。
日光寒兮草短，月色苦兮霜白。

——李華〈弔古戰場文〉

金門軍旅詩人，有向明、洛夫、辛鬱、管管、商禽、楊牧，他們先後駐軍金門，日後各自都走出不同的人生。辛鬱十五歲離開杭州從軍，隨之去舟山戰役，民國三十九年五月舟山撤退，十七歲的他在金門不會打仗，只能做傳令兵，砲彈轟轟轟打來，鎮日危險的咻咻咻。

這不是一個人，是一大票人，來自天南地北、不是軍人就是流亡學生，流過汗和淚、見過很多死亡的一大票人。這些扛著幾十年濃重鄉愁在身上，即使在家鄉的出身背景或有不同，到最後卻得面對類似時代背景的一大票人。

當尉天驄老師說，那時「軍營中的歌聲和口號是昂揚的，實際上，他們過的卻是囚徒一般的生活；沒有盼望，也不知道為什麼活著？」我的體會還不太深刻，及至要寫大論文，讀了民國五十八年張默編的《現代詩人書簡集》，我的心彷若遭夏雨爆打地震憾，封封書簡相濡以沫，訴說遭遇戰火的悲痛，承受濃濃鄉愁、軍中服役的無奈。辛鬱小詩人商禽三歲，寫詩也晚，他一直用書信請教商禽詩藝、超現實主義，同時他和秀陶及東方畫會、五月畫會的秦松不斷討論什麼是生？什麼是死？他們都才二十歲上下，卻以死看生，討論出死亡只是存在的消失，而非生命的結束。

宇宙中形式變化不居，而生命永存；死，是生命暫存於秩序之外，以作為下次輪迴的開始。（洛夫）

他們做的生死思考，驗證之深入，令我動容，我始知除了洛夫寫八二三《石室之死亡》，那個年代在碉堡的年輕軍人，都在扣問生死。而，我是在研讀古寧頭戰役、八二三砲戰之後，才更了解戰爭、軍國主義、離鄉的意義，對洛夫的名句：「我是一株被鋸斷的苦梨，年輪上，你仍可聽清楚風聲蟬影。」對「鋸斷的苦梨」，有更深刻的體會。

《現代詩人書簡集》中他常用筆名古渡、丁望，寫信給商禽，如今辛鬱已走入「背景」了，這位砲戰時的傳令兵，離我台北家很近，他對我說當年差點被砲彈炸死，他在砲戰中看到太多生死，才決定當一位作家；可能當時正處於極度混沌、迷惑、焦慮、不安，他在砲火轟擊和死亡威脅中，反而湧出更豐沛的創作能量。

我二十幾歲和詩人沙牧長輩很熟識他，辛鬱年輕時跟沙牧學寫詩，辛鬱也以紀弦、覃子豪為師，結識張默、洛夫、瘂弦、商禽、楚戈、碧果、林泠、梅新等詩人。自軍中退伍後，參與推廣科學普及工作，並為《人與社會》、《科學月刊》等雜誌的主編，數十年與文字結緣。

他們都從青澀慢慢走到結實，我感慨他們的軍旅歲月。於是，為他們寫下一首〈老詩人重返坑道〉詩：

坐在坑道
磨亮的石桌是湖面

石桌說五十年了你又回來
你老了，我還年輕
我仍藏匿於九地之下

敲打花崗石壁
成了白石老人
密閉煙硝
日夜鑿石室
喘氣的豹
匍伏的二十歲
蝙蝠般蹲著
前進或者發霉
死亡或者生鏽

用一柄，鑿開頭顱

向內擊出深痕
用子彈，射擊自己

老人坐在坑道
青春還吊在彗星尾

坑口有微光

老詩人坐在坑道口，回望自己的青春尾巴、戰役生活，只盼望坑口還有微光。他們當時皆單身，二十歲的家父和文學家們相異，他是帶著家母來台，四年連生三子，離不開軍中，一直忙於軍職和家計。

辛鬱除了寫詩，還寫作小說、雜文、電視劇本，並且積極發起許多文學藝術活動；也推廣科學普及的工作。辛鬱的詩，冷冽、沉鬱，直面人生。洛夫說：「辛鬱有一副冷凝的面孔，故詩壇友好向以『冷公』稱之。其實辛鬱面冷而心熱，亦如他的詩，冷的是他的語言，熱的是他潛在生命的燃燒，他的詩稱為冰河下的暖流。」—

他以長句形成氣勢，如〈原野麼〉：「你就是我學習所及的那空氣中佈施著野性的芬芳的原野麼？你就是日日作我的衣夜夜作我的被衾的那披沐著許多生靈撫孕著許多生靈的原野麼？」令人印象深刻。

辛鬱——宓前輩離我家只隔數條大馬路，有時我去他府上坐坐、送點東西，是再自然不過的事，他像一位熟悉的長輩、親切的朋友。他家門前馬路左側有條長五十米，由二十塊彩繪瓷磚砌成的矮牆，走到這排瑰麗雕燒的瓷磚正中間，就知他府上到了。

矮牆上尚有一排日日春盆栽，終日紅豔迎面，這紅花盆栽、雕花瓷牆是遮掩板，遮住了坡下方一棟快傾圮的百年老屋，站在他家四樓陽台向下望，正對著遠處這棟老朽。我每次做客脫鞋、穿鞋之際，遠望下方風雨飄搖的老屋，我有著不同的想像，哦！不，是試以老詩人的眼光來想像。

宓前輩坐看那下方風雨飄搖的老屋十數年，眼前浮現的，有可能不僅是木柵下崙路一帶張氏家族的墾荒史、也包括文山堡在荒煙蔓草中舉起如今此起彼落的現代高樓的勤奮史，乃至整個台灣先民四百年來的拓荒精神、和逐步遺失的傳統，但最有可能浮現的則應是近百年整個中國的山風海雨、危傾破敗，包括他年幼時在大陸所見過古老的一切的失落，就具體呈現在被現代所包圍的這座頹倒的磚瓦老屋身上。

他十五歲就從風雨飄搖的浙江杭州來，這個頹墮委靡的老屋一如當年敗壞的、昏暗的中國家鄉，想像前輩回屋坐在搖搖藤椅上仰臥、瞇眼，必曾數度眼底濕濡。

宓前輩近年罹患肺炎、心瓣癒合不了、腳水腫，還得爬上樓中樓挑高的四樓，他家的四樓是別人家的五樓，對八十二歲的老人而言，每登一步就是氣喘吁吁。但他仍每日遛狗，也揮汗成雨的拉狗，以致摔壞髖關節。但那登高後再坐定，下望群樹拱住的破舊老屋，應也有種回望古老時光的快慰吧！

而辛鬱正是從破敗老屋、不合時宜的傳統中走出來的詩人，就如辛鬱本人所寫《我們這一伙人》中的那一大群人，竟也共同創造了五〇、六〇年代現代文學的奇蹟。然則沒有那樣的時代和背景，也不可能有那樣的文學奇蹟。詩人張默編的《現代詩人書簡集》中收進民國五十五年辛鬱寫給商禽以〈背景——寫給我的朋友們〉為題的四封信，也收了商禽同一時期寫給辛鬱的三封信，也以〈背景——致辛鬱〉

做為標題。這些信件中，「背景」二字很像是彼此相互傳遞、討論、甚至批判的「密碼」。

如今，那樣的「背景」——政經環境、時代氛圍、鄉愁是很難令後輩理解，就像他們面對頹倒的老屋只有想拆之而後快。不曾想過，「無人過問，無人管，無人開釋的，一座監獄，常年落著鎖。」（王容），面對走過大江南北、現在走動的只剩一座島嶼、家鄉人又全不可聞，我們恐怕也不易體會面對那種「背景」的痛苦。辛鬱在寫給商禽的信中曾舉某詩人說的：「痛苦是危險的營養」，「長久咀嚼」即使「增加精神的鈣質」，也會使骨頭變成海綿，並說：「唯有面對背景，作品才有份量，才不限於自我情緒中」、「摒棄痛苦，我們去尋找快樂，唯有以快樂為背景，我們的生命才能永遠長青」，他的意思是咀嚼痛苦無益面對生活，不如從生活挖取快樂。如他在《辛鬱．世紀詩選》（爾雅）〈順興茶館所見〉所說：

尚有那少年豪情
溢出在霜壓風欺的臉上
偶或橫眉為劍

一聲厲叱　招來些落塵
他是知道的　寂寞是
時過午夜
這茶館的三十個
座位一個挨一個……

辛鬱把他的生平當作一連串的痛苦來回顧，他筆走風雷、視域恢宏，正是詩中「霜壓風欺」代表的「背景」。

「少年豪情」則是想更從容地面對「背景」，但「偶或橫眉為劍／一聲厲叱」，偶然發作只是「招來些落塵」，是自我調侃。這些句子可以說是時代氛圍、島、鄉愁的囚禁，也一再想從其中逃出，而故土偏偏又是他的夢土、記憶所在，詩的發祥地，這有如拉康所說很難碰觸到的實在域，永遠想和它合一、卻已永不可能，成為一生最大的匱乏。對任何人而言，也有或大或小的「巢穴」或「子宮」，最後成為匱乏，值得我們永恆的紀念。

而匱乏當然是痛苦的，他的心思理應在裡面千迴百轉，想消除它，又永難以消除，那是何等大的「障礙」，因此他發而為文字。精神分析認為認知事物最深刻正是「將其藏匿起來」，藏匿起來，不僅是藏了些什麼，而是我們如何藏匿？他看不慣社會的各種畸形現象，晚年就曾以〈垃圾世家〉為題，寫下二百餘行長詩，表面上是寫生態，實際上是針砭時勢、政客，他第一段寫著：

我名喚垃圾　綽號廢棄物
凡人跡所至
必有我跟隨
我是集污濁惡臭於一身
是人們掩鼻閉氣
皺眉乃至惱恨的對象
總讓人們煞費心機
絞盡了腦汁
還想不出怎樣把我滅絕的

良方　除非人們也像我一樣　被
廢棄

此詩從正面看，可以從垃圾引申至社會不當制度、政客世家、乃至一切藏污納垢的人事物。但更內在地看，似乎隱藏著正是被世人所鄙棄的傳統、倫理、價值、乃至被用過即丟、一出現即隱沒的、可能很可貴、卻不被珍惜、未被看見的人事物，一如那已頹萎、被遮蔽在彩繪短牆下方的老厝。垃圾對現實造成的「障礙」很可能正「揭示」了辛鬱更潛意識的想望是什麼。

所以，詩是活過、愛過、掙扎過的痕跡，詩可以突破現實障礙（比如垃圾或廢屋），從那裡出發，自我神遊解套。此種「神遊」超越了現實的「障礙」，朝向他永無法達至的「匱乏」前進，使那無法「在場」的「欲望」暫時性地顯現。

新世代的人可以將大陸山河、中華文化「完全懸擱」，對辛鬱而言，當然不能，而且還構成一種「不得不」的創造驅力。既然認知事物最深刻、最好的方式正是將無解的障礙「藏匿起來」，但又不能予以妥善安排，於是「垃圾世家」遂構成了一個巨大的虛擬世界，可以讓他不斷的扣問其匱乏、生命、乃至其原質。

宓前輩走了，再爬到四樓向夫人張孝惠老師致意。又見到瓷磚矮牆、紅花盆栽，百年老屋。這五年來五節芒漫生、昏燈下更見恍惚、衰壞，一如傾頹倒地的老人。登四樓惟見藤椅空蕩，似乎還留有長輩的體溫聲咳，獨不見長者的身影，我瞇眼濕濡。而老屋剛開始本無生、無形，後來先民造了它，百年來失修毀朽；人亦如此，莊子說在恍惚之間，變而有氣，氣變而有形，形變而有生。現在又變而至死，和春夏秋冬四時一樣的運行，且想前輩是走過大風大浪之人，容容安息於天地四時之間正好，現在他正走入他所來自的「背景」中。

——本文原載《文訊雜誌》第三百五十六期六月號

【懷念作家：紀念詩人辛鬱特輯】

二〇一五年六月一日

二〇二三年六月修改

# 忠烈長出的翅膀

太武墓塚百畦，萬人獻祭於戰神腳趾下。
供品燃燒後終歸塵土，唯脂油餘香飄起，飄過神明敏銳的鼻翼。

表伯八十歲了，一直吵著要重訪當年的金門。十月，我帶他參加金門老兵召集令。表伯是父親在台灣唯一的親表弟，民國四十六年，他找到我父親，就密切來往，年節他一定經過搖晃一天的蘇花公路，從台北來花蓮看我們。他是陸軍老士官長，那年代士官不能娶妻，以致耽擱了他的婚姻。他把我們四個小孩，當成自己的娃，終生疼愛我們，如今，我們會寫書法、會背古文、唐詩，皆是他的功勞、教誨。如今他老了，我們自然輪番照顧，像照顧自己的雙親一樣。

我的車子經過太武山南麓到軍人公墓車場，兩人持通行證繼續往玉章路前行，開到「毋忘在莒」勒石下，目的地是表伯駐防的海印寺碉堡。

太武山雖然僅有海拔兩百五十三公尺，卻有三條登山步道，除了我們走的平緩玉章柏油路，以前我走過北麓的蔡厝古道，蔡厝村「百二階」登山步道，第三條是很有挑戰性的斗門古道。

他一直心心念著太武山上的一小娃。五天前我申請了太武山通行證，七十歲老兵才可直接優待開車上「毋忘在莒」勒石。勒石前人山人海，我們再往前開到海印寺，表伯駐防在海印寺的碉堡，他快快的說：「這是金門位置最高的佛寺，從南宋時期就建了，經過了元、明、清各朝，這廟有八百多年了。」又火火急急地說：「這寺廟四十七年八二三砲戰時幾乎全毀，因它在金門人心中有崇高的地位，所以就優先整修，經過三年才復原。因為每年正月初九『天公生』，這裡香火鼎盛，居民老老少少都會上山來拜拜。」

他看到一位比丘尼，就高興的迎上去，說：「請教一事。三十年前有一位小沙彌，出家來海印寺時才七歲；現在，廟裡有沒有他的消息？」比丘尼搖搖頭，她看表伯一臉難過，就帶我們參觀蘸月池。她說自己是清安法師，又說這池水是湧泉，經年不乾，有沁涼的地下水不斷湧出。到池邊指著「蘸月」兩個紅字，說了一真實的故事，清安說：「清晨四點，我們要起床至各殿點燈，我多次行經蘸月池，看見明月照池中，有時半月有時全月。一彎池子像隻醬油小碟，新月像蘸醬油般蘸一下池水又款款挪移漂離。」我驚叫著，說：「這名字不只取得輕柔詩意，還真有其意，古人取名真巧妙。」

我想到今天我不能坐時光機去看百年前的月亮在哪裡？那時的月亮映在水中有多美？而，這個明月，確曾照過八百年前的古人，一念及此，就滿心歡喜。出了蘸月池幾步路，清安法師要我倆抬頭看遠處的青山，山上有個古代官印還在那兒躺著，這不是「海印寺」的由來嗎？又帶我倆去看鎮寺之寶「安心石」，我摸摸這大岩石祈求好運，這也是月光照過的古物呀！

我心裡鼓脹著尋覓廟裡古物的樂趣。可是表伯不一樣，他彎到後面去找看鐘鼓樓，指著鐘樓的大鐘，說：「這銅鐘重七百多公斤呀！我最喜歡它，這鐘聲可響了，我們在觀測所聞鐘聲起居。」又說：「它安慰了我夜半寂寥的思鄉病。我天天可聽到迴盪聲，體會詩人張繼『江楓漁火對愁眠，姑蘇城外寒山寺，夜半鐘聲到客船』的幽情。夜半海印寺縹縹緲緲傳來了暮鼓鐘聲，真是杳杳鐘聲啊！我最喜歡聽尾音慢慢消失，『聽』這個尾音消失到『無聲』的寂靜，及至酣然入睡。」

哈哈！我在尋覓廟中古物，表伯在過往鐘聲中尋找寧靜。之後，我跟著他跑步打轉，知道他還在找廟中住持。找到性海法師，又問小沙彌事，住持想了一分鐘，突然想到了，大聲的回答，說：「有，有。聽說以前有一位小沙彌在提水、撿木柴、掃地。」表伯說：「三十年前這小沙彌叫一心，暮鼓晨鐘、喀喀的木魚聲，老和尚在井邊，一心在吃力的提一水桶，在長滿青苔的井邊坐下，他不知道自己如何來這兒的，來時已剃了光頭，擦完淚、換好袈裟已是中午，這中午的第一餐齋飯可以說已開始了一心的一生。」表伯良久不語。他過一會，又說：「我喜歡小娃，有空就來教他識字、陪他玩，哪有父母會把小娃娃送來，一定是家人、親友也無力撫養了。」性海法師接著說：「一心後來還俗了，現在已結婚，婚後住在新竹。」表伯長舒一口氣，喃喃的說：「好啊！真好。」我在旁，為小沙彌高興，也感覺表伯心腸真慈善。

表伯大願已了，出了海印寺，我們要找表伯以前當兵的所在地。出外走到刻有「海印靈光」的大石，就看到表伯的觀測所了，碉堡四周還是穿著迷彩裝，表面有牽牛花爬成一幅抽象畫，我幫表伯扒刺、彎身細看，還看到九重葛的藤蔓，殘存的營舍、坑道以及一點生活設施。這裡經年累月無人煙，連道路都隱藏在荒煙蔓草中。表伯從沒遺忘這觀測所，他看到營舍有興奮、有哀傷，還有一點說不出來的情緒。之後他沉默不語，我靜靜地陪伴其側。

回頭走到中興亭休息，下車俯瞰美景，這裡是絕佳視野的觀景平台，一望無際的田園風光，寬敞舒適，讓人神清氣爽。可以看到金門沿海和城鎮聚落，金湖鎮的太湖以及料羅灣也清晰可見。

我看著這「百里山川一攬收」的景緻，問他：「最常去的山外是何等樣貌？」問他：「你們當年十萬大軍穿梭市街，是何等景象？」

他說：「街上走，都是人，這街看不到對街。」又說：「當年愛國心旺盛，像鵰一飛沖天，大家都想守土衛國，那像現在，氣氛太低迷了。」

他忽然側耳，傾聽。我不知表伯聽到什麼，看他又側耳，繼續聽，我跟著表伯眼光，看到不遠處岩石上站著一隻大老鷹。牠雄視高山，英姿煥發，睜著圓黃黃的鷹眼，上喙弧形垂突，腳爪還黏在樹幹上，準備飛了，牠蹬石、縮腳，飛翔時翼下黑色，飛羽下面白色而具波浪形暗橫斑，內側的羽片上呈雲狀的白斑非常醒目，飛騰起來時速驚人。

表伯居然說：「以前駐防時，我們常看到這種鵰，懂鳥的人說這是白腹鵰，大型猛禽，身長，飛行速度快，獵人養來助捕獵。」

我看牠鬆爪、吸氣、夾翅俯衝如戰機，先平飛，再來向下俯衝，又提神躍起來，雙翅隨氣流一上一下旋飛。

我眼角看到太湖池水依依、料羅灣海天共色，又笑著說：「是呀！現在看這鵰英姿煥發，想必是撲撲翅膀，就飛到大陸，大陸和金門兩邊直飛，沒有一隻大鳥需要國界藩籬；我們人類卻打得屍橫遍野。」

我和他下到太武山公墓，見到三個千人塚，古寧頭、大二擔、南日島三次戰役，不知名的烈士數萬人安葬在裡面，我心中翻騰。往前走耳邊響起佛音，增添靜穆氣氛，走入片片白色墓園，近看莊嚴藍色忠烈祠，我們屏氣凝神佇立祭奠。期盼兩岸的砲聲不再響起，兩岸的悲劇能永入歷史，不再重演。

我體會戰場遺留太多烙印，而我們又不得不用戰爭解決紛爭。我剖開兩岸疤痕，重拾七十載憂傷。

巍巍太武，百坪公墓是燔祭大台，墓塚百畦，以萬人為大祭。供品燒成灰燼，以脂油之氣、取悅正神；以馨香之味、取悅孤魂。我們貼近祭物，走入祂內裡，知道另個世界在熠熠生輝。我們看見了遼闊的視野，神明交感、一出一進，真摯的生命關懷。

而鵬，飛於高空，牠是聖神吧！顯示上天的旨意。太武山，雖已遠離戰火，耳邊仍有砲火咻咻聲，木麻黃低語聲。我獻上一詩：

大鵬說：

給我一雙翅膀
讓我立於蒼穹
給我一雙珠眼
讓我透視孤獨

我獻舞　天地間
用力　撲翅
把太武山
抓起　帶走

曩昔，我只知洛夫、朱西寧等文人的心聲，而底層榮民是如何走過這冷戰年代？自來甚少人提及。

如今我體會每個存活下來的榮民各有智慧，他們發言，語重心長，不容小覷。

## 奔走在電波中：通信兵在台灣

我是戰後外省二代，想著民國三十八年那個驚心的大變動，政府要員身負重軛，日夜焦心是怎麼度過？我期待兩蔣日記早日現身，可一窺端倪。

我常在想：軍人父親當年來台才二十三歲，每日挖空心思找報、看報，他是怎麼度過的？個人如何承擔這個重擔？所幸三十八年十月古寧頭戰役，是少有的大捷，台灣暫趨穩定，父親應是吃了一顆定心丸。

在父親焦慮中，幸好三十九年六月韓戰爆發，美軍第七艦隊開始巡弋台海，我沒有參與的長輩焦慮，應解決了嗎？然而，我又會自問：古寧頭的戰士是如何來台？如何參加此役？低階國軍及投降的匪軍戰後來台，是怎樣過日子？這些我沒有參與的歲月，長大後，才懂得當年每一步都走得驚心膽顫。

家父已在天上，諸多細節無法詢問，幸虧我在王誠伯伯身上，還原當時始末，一幕幕才呈現眼前。

二〇一一年，王誠伯伯受邀參加我和孟慶玲合著：《站在石頭上的人：花蓮光華村的記憶與哀愁》報導文學新書發表會，這是開發大隊開墾的報導文學書，九十多歲的老伯伯拄著拐杖、家人攙扶的走來，主持人走到一排老榮民跟前，依序介紹坐著的老伯伯，當主持人介紹到王伯伯，他居然顫巍巍地站起來，他癟著嘴，大聲說著：「我九十五歲了，耳朵背了。」接著呼口號似的舉起手揮著，喊：「不管怎麼說：你們下週十一月二十六日，一定要去投票，沒有選出好人，救不了國家，國家無法改變。」說完氣喘吁吁、顫巍巍地，手扶拐杖，緩緩慢慢地從高位移至低位坐下。這話和新書發表會完全無關，他說得鏗鏘有力，引來台下吃吃的笑聲；我緊皺眉頭，因不合時宜、發言不當，但他不在乎，這印象刻進我腦海。

事後我留下王誠伯伯，單獨採訪他，他當年是二十一歲，最愛講古寧頭當年勇，他說的不是正史，但軼事最有趣，他說如下：

那時我是通信兵，隨時要保持通信暢通，通知一來，三人一組，一個拉線、一個拿話機、一個要負責指揮，來完成工作。訊號斷了，要修，馬上去查，跟著電線走，邊走邊拉起來看有沒有斷掉，我們通信兵很不安全，如果砲彈打來噴到碎片，當場就傷亡。

我當時是一個未穿軍服的新兵，連開槍都不會，只能抬彈藥箱，還能勇敢地完成通信兵的任務，參與了「古寧頭之戰」，非常光榮。

我是十七年生於廣東，父親務農，而母親是很傳統的農村婦女，穿著粗糙，衣服破了就打補丁。我在家鄉讀了私塾到初中。

三十八年，我二十二歲，國民黨退到廣東，兵源不夠就地徵兵，保長（村長）說「每家要出丁一人」，我為了保全新婚的兄嫂，在保長逼迫下從軍，後來家裡接到一千斤的蔗糖，以及一些農作物做為徵兵的補償。我臨行之際，嫂子端來一盆神符平安水要我洗面，說一聲：「老天會保佑吾細叔，早日歸家。」

我在金門從三十八年待到四十三年。每天築碉堡挖坑道，太武山的「指揮官大碉堡」我也參與了建築工事，到夜晚還要站兩小時衛兵。四十年金防部成立幹部學校，我參加考試錄取了，接受兩年嚴格的軍事教育，當時雖辛苦也值得。

我在軍中讀書、練字，隸屬通信連，和同袍學習有線電話密碼通信，也在連中擔任文書工作，我成長很多，走向行政改變了我一生。

後來，我娶了本省姑娘，外省軍人身無恆產，丈人對軍人生涯無安全感，囑咐我退伍，要太太繼續留在娘家幫忙種菜養雞，我則仍然隨部隊跑。假日才與妻兒團聚，我找關係以傷病為由，五十七年退伍。

退伍之後無一技之長，找工作實為困難，我向退輔會申請就業。在軍中擔任文書，二十年來未做粗勞，但分到田、房，能把妻小接過來。當了臨時辦事員，多為會計工作，月薪不多，生活尚勉強餬口。自五十八年至六十九年，期間約十年，並兼做農事，含辛茹苦養大子女。

七十七年開放兩岸探親，我帶著老妻返鄉。當年新婚的嫂嫂，如今領著子女來見，離家時嫂嫂曾以神符水祝福我平安，再相見時已是四十年後。回首一生，戰火中九死一生，蒙蒼天厚愛，否則早在金門陣亡。

訪問王伯伯結束，我常記得他在新書發表會上鏗鏘有力的懇求語，台下的嗤笑聲，他明知發言不當的勇氣，這都讓我印象深刻。人活著是骨氣尊嚴，九十五歲之人，根本不怕別人笑，他心中自有分寸、知悉孰重孰輕。

囊昔，我只知洛夫、周夢蝶、商禽、管管、朱西寧等人的心聲，而底層榮民是如何走過這冷戰年代？他們沒有知識，自來甚少人提及。我參加口述歷史發表會，採訪了王伯伯，體會每個存活下來的榮民各有智慧，他們發言知所進退，語重心長，不容小覷。

我常去金門，它熱氣氤氳又寒風颼颼。金門的溫度、氣味，暮色和台灣不同，我詩意的描述島嶼的植物、動物，夢想和絕望。站在命運和信仰的路口，我感受到金門人戰火蹂躪的悲痛，古寧頭有太多戰爭流離的故事，台灣人不信將軍廟，金門人全信。

回首金門，我感嘆一個美好的時代已過去。

# 抬著戰爭的衛生兵

他的靈已死，腳踏過屍體、土埋過同袍，
有一部分年輕的自己已死在金門。

張英就是穿過八二三戰袍的伯伯，他九十歲，常在木柵公園的涼亭下，拍著胸脯講：「古寧頭戰役、八二三砲戰保護了台灣，金馬是屏障，台灣在安定中起飛，應謝謝我們。」說時雄糾糾、氣昂昂，驕傲和榮光鏤刻在滿臉皺紋的歲月裡，彷彿走進時光隧道，置身現場。

有人說：「你們上一代的歷史，我沒有興趣。」有人聽多了，撇撇嘴，不以為然地反駁。張英很急，沒有孩子要幫他寫下歷史，早晨做氣功的也沒人聽，他怕帶到棺材裡去了。

有一天，他居然穿著草綠色軍服，把一包獎牌、肩章、胸章、勳章展現在涼亭下，好像亮出死裡逃生的記號，他一件件的介紹，大家反應冷淡；他憤怒起來，眼睛冒火的罵人，憤怒是反效果，無人接到。他知道我是空軍子弟，抓著我講空軍也參加了八二三砲戰，講了一個小時。什麼共軍封鎖了海岸運補線。我海軍和空軍也加入補給線搶灘。後來美國出手相助，運來八英吋巨砲，這樣才嚇阻了共軍……。

第二天，涼亭旁溜冰場內的，氣功陳姊姊說：「你的胸章、肩章是買來的，不是你得來的。」他氣得臉色發白，怒氣吼吼的罵；次日，他拿拐杖敲涼亭柱製造噪音，干擾溜冰場內做氣功，他每天都來敲，噪音使氣功音樂都聽不到了。有人要我用四川話勸勸這個四川佬，我勸了沒用，陳姓朋友不跟他道歉，或許是道歉誠意不足，他就繼續敲；幾天後，他發現陳姓朋友不敢來了，就轉移陣地去別的場子，繼續開講他的八二三。

最後，張英不來公園了，同學們都很懊喪，覺得小事何苦弄擰了，而我是最難過的。

為了寫作，我去了一趟古寧頭，接觸了許多陣亡的家屬後代，才真正了解他的悲痛。我告訴陳姊姊八二三砲戰的殘酷：有人誤入雷區，炸斷腿送來，有人當場沒有死，是躺著救援不及，兩天後流血過多而死，他是衛生兵，一定至今歷歷在目，難忘這場景。

陳姊姊要我陪她去道歉，我們帶了金門高粱、花生米、滷味去安康社區他家拜訪。張伯伯獨居，一本軍人簡單規律的生活，把自己打理得清清爽爽的。他講了許多砲戰的故事，那才是真正生動的歷史，我勸他說：「這就對了。你要講故事，大家才有興趣。」陳姊姊誠懇的道歉，他大手一揮沒事了。三杯兩盞高粱下肚，他意興遄飛，燃起一根紙煙，皺皺的臉上神采飛揚，砲戰像昨天發生似又娓娓道來。

張伯伯用堅忍對抗過時代，走過戰爭、抗拒過死亡。如今身體凋零了，沒有餘錢善待自己，比戰爭更殘酷的是歲月，他們抵抗不了衰老。張伯伯想留下對抗邪惡的精神，但沒人幫他記下，他只得重複的講，年輕人、中年人，沒人有耐性問他細節，他永遠講沒有細節的戰爭。

第二天兩人心照不宣都來公園「復工」，我把我的感覺講給氣功班同學們聽，他們也就乖乖聽他在涼亭開講，經我們兩人宣傳，九十歲老伯伯的觀眾漸漸多了。

他說：「砲戰有多可怕嗎？我偶而去抬受傷的士兵，一個砲彈打來，我一翻身跳到水溝裡，旁邊的運輸兵中彈身亡，看到好朋友過世，非常傷痛，那幾天精神有一點失常，也僥倖自己沒有死。如果你天天都看到斷臂斷腳、聽到痛苦哀號聲，你會不會覺得是嚴重的刺激，精神都會憂慮起來？有些救護兵就是熬不過這種痛苦。我就見到一位女護士也被打到，臨死嘴裡流出青綠色的膽汁，她的肛門也流出膽汁而死。」

我搖搖頭，說：「您怎麼看女生的屁股？」他脾氣又來了，瞪著我說：「小事。」又繼續下去，說：「四十三年我先打過九三砲戰，分配到衛生連當看護。九三下午開始，中共從大嶝、小嶝瘋狂向金門砲轟。因為是下午西曬，我們古區有戰車連、油彈庫，裝備在陽光下閃閃發亮，變成靶心，砲彈六千枚十二小時內像下雨一般射過來，巨大的爆炸聲，震耳欲聾，民宅倒塌無數，炸死很多人。我們護理站衛生兵，要給傷兵止血、包紮、急救。記得當時有連長、營長，抬過來時雙腿炸斷，我趕快幫他們止血處理。三十八年古寧頭戰役後，金門經過九年，軍事設施全深藏於地下，花崗石坑道不可輕易摧毀。

四十七年八二三砲戰，兩年後四十九年，我又調防到大金門，有天傍晚我和同僚沿著海岸線散步，走了很久，剛回到碉堡，突然天邊一片通紅，好像剛下山的太陽，突然又升上來了，接著就是震耳欲聾的砲聲轟炸過來，中共多門砲，密集打我們，原來那天是六月十七日，美國總統艾森豪訪台，密集的砲擊是中共給美國的禮物。再過兩天艾森豪返美，中共還是準時開砲，也是三回合，回應美國的訪台。

有人說：「這與一一一年八月二日美國議長裴洛西訪台兩天，中共二十一架次軍機擾台，相隔六十二年，行徑竟然完全一樣嘛！」他高興的豎大拇指稱讚。

我覺得張英在運動公園紀念死去的同袍，代他們而活，精采宣導，而非苟活。他通過狹窄的甬道，僥倖低身穿越了過去，如地鼠伸出頭沒被抓到。他們在公園、牆上展現獎牌、勳章，但他環視四周時，我感覺有一絲餘光是難過的，難道是穿越過八二三的老人，在追念沒有穿越過的同袍嗎？

在和他談話才知他是四川的大地主，是共產黨的清算對象，他才逃難加入國軍。

他三十八年來台，看見台灣女人戴斗笠、穿裙子、穿木屐，跟大陸女人不一樣。大陸女人綁頭巾、穿長褲、穿布鞋，上廁所時，會把頭巾解下來掛在門板上。

他沒有行醫執照，不敢行醫，人命關天，就退役。

結婚後，餵牛、餵豬、種田，苦得沒法過活，最初是去肥料廠打零工，一天三十元，是去裝袋、混料，錢太少。沒做多久，又去紙廠做工，紙漿廠非常臭，紙漿發酵的味道受不了，環境太差，撐不下去。有一陣子曾去當礦工，挖寶石，挖到有工錢，挖不到有給飯吃。作三個月左右就沒做了。又去報社當推銷員，全省跑，吃住都要自己出，有時，好不容易有人下訂單，等送報生送報去，對方又反悔，錢又飛了。後來到地磚廠，他負責站在機台上面打平磨光，按件計酬，磨一塊磚三毛，收入比較穩定，做了三年。後來又到桃園內壢塑膠籃工廠做工，收入不錯。以後就沒再出去做事了，只在家種田。

他太太小他二十五歲，孩子們大了後，她參與社團非常活躍，愛跳國標舞，迷失在虛華裡，跳著跳著，就不回家了。張英顧念太太養育孩子，一直沒辦離婚，門還是開著，等她哪一天迷途知返。

這是底層軍人的一生。張伯伯有強大的孤獨感，可以和他一起回憶的人都先後離世，他沒有共鳴、越發寂寞。他眼睛的餘光是難過的，皺臉看出靈已經死在金門，腳踏過屍體、土埋過同袍，有一部分年輕的自己已死在哪裡。

我知道張英怕寒冬，很久沒來運動了。我為了寫書，又去了金門找資料，當我興沖沖的帶牛肉乾跑去安康社區想跟他分享，敲門很久不應。隔壁鄰居說：「天冷，他視力不好，很少下床，後來居然心肌梗塞，上週突然沒了生命，妻兒都回來送行了。」我泫然，抓住門板，難過得說不出話來，我來遲了。

是他，使公園的人對金門戰役由模糊而清晰，以前我們知道那個名詞不知道裡面內容是什麼？是他，苦口婆心的填補，我們還想聽他親身說故事呢？

我在台東、新竹的寺廟、公園裡、馬路邊都可以聽到穿越過八二三的老人在白頭宮女話當年。

他們把金門這冷硬的「花崗岩床」都烙印成一片血色。

# 浯洲嶼雅石

金門雅石直如大媽插腰現身；花蓮玫瑰石是「猶抱琵琶半遮面」的少女，非得切割始展顏。

每個方石皆千錘百鍊，是一種景象、一種情感，早在言語形容之前，石頭自己在腦海中就產生了一種波浪。和拾者相遇，兩心相印、相互契合。

台灣西海岸各沙灘有許多人在撿石、造就了許多雅石達人。澎湖群島盛產文石，大街小巷都在賣，生在玄武岩孔縫之中，具有同心圓狀花紋；想不到新北市三峽和隔壁的復興鄉河邊也產文石，文石有漂亮的眼睛，磨出來的文石眼是上帝的傑作。它必須先經過琢磨、再雕刻、最後拋光，還要用嬰兒油擦拭，這些巧手和慧眼的十二道工序，方顯「俏色巧雕」之圖案，姿容精巧奪目。

台灣百分之八十的石材在花蓮。花蓮壽豐鄉出產豐田玉，它居然又名台灣玉，可見是台灣的代表玉，我看到它一皺摺又一皺摺的綠，閃著光芒的玉，如果持燈照著玉後面，還會透著光，如果你知道山裡礦脈的前面是石綿，後面洞穴脈才是豐田玉的閃玉，你會被它的故事感動到哽咽，它也需要磨石和拋光。

走在花蓮的海濱可以隨時撿到各種石頭，隨處一海灘，皆可撿到小塊的玫瑰石，它褐色表皮已被海水洗得露出裡面的粉紅色，而不是原始色，回家只要有小機具，稍微切割、琢磨，就會變成耳墜、頸飾及包包吊飾。至於玩家的石展，更是大手腳，玫瑰石要經過切割、琢磨、刨光等工序。

看過台灣西岸和東岸的各種雅石，我以為雅石非得整理一下儀容才能示人，如人之出門化妝。頭一次來金門參觀石頭展，這裡的石頭沒有刨光、刨亮，也不須切片，它的「原始」狀，讓我「驚嚇不已」，怎麼浯洲嶼石頭似村姑？毫無一點貴氣？怎麼董群省先生還敢開雅石展呢？我差點眼珠子要掉下來，難道是因浯洲人憨厚、淳樸到天真嗎？

浯洲人和台灣人玩石有極大的差異，金門雅石是撿拾起來就直撲撲呈現，如大媽插腰、大喇喇現身，是大模大樣狀。它天然生成、不經人工雕琢，只是自然形成的圖案。和它差異最大的是花蓮玫瑰石。金門海邊所撿的石頭是海潮沖刷出來的海石。花蓮有上百家玫瑰石切石場，玫瑰石色黑，是「猶抱琵琶半遮面」的嬌羞少女，不給人看清的，不知她長相如何？非得經切割機切片，一層層邊切邊洗、研磨後，風吹過，嬌艷面容始嫵媚現露，剖出內裡的粉紅嬌顏，色如玫瑰，因而得名；又因成分有錳的礦物質，自然流出黑條紋如樹幹，起伏的纖細皺褶，就像山水畫般。

玫瑰石作為收藏擺件，藏家喜歡借景、造景，玫瑰石以黃色紋路為底，顯出濃鬱沉穩。石頭有多麼瑰麗！擺在案上的石頭，有黑色條紋似樹枝，似乎有祕密藏入黑條紋的樹幹，有人形容它臥瞰如「晚霞彤彩天」，我形容它如「起伏的纖細皺褶，這山水畫早上看：剛好密林中有鳥兒飛起，下午看：川流緩緩過山崖；今天看：江岸樹石迎朝陽，明天看：春回大地樹崢嶸。」

以上所言，董群省府上庭園之石悉數全無。它就是撿來呈現的石頭，不經由人工雕琢之石，頂多稍微上色、或是原形繪畫雕琢一下，就算大媽盛裝出門了。他收集的石頭多像他本人，天然生成純樸，人如其石，一點也不假。

我忖度，或許是因軍管長達四十五年，海岸全封鎖，不能去海邊游泳，撿石尚未形成風潮？我心中以為金門的沙灘，很少人親近，漂亮的石頭，少人撿拾。站在大時代的路口，金門有魅力，也有壓力。我猜想：解嚴之後，金門才開始有人去海邊撿石頭。

其實，凡事總有例外，古崗村董朝來美術老師，民國五十三年就收集奇形怪石，他就是董群省的撿石老師。董群省和董朝來是同村，董群省現為金門縣董氏宗親會理事長，住家鄰近的古崗湖，這金門唯一天然湖泊旁有古崗樓，湖畔低垂的楊柳隨風擺盪；而，四周被群山環抱，東紅山頭有南明魯王朱以海思念江山，親筆手題的「漢影雲根」石碣遺跡；董群省從小爬一小段山路，就能登頂俯瞰古崗湖美景，他童年即浸淫在美湖、美石中，耳濡目染。

董群省小時候家境清苦，家中人口眾多，為了生活，一直到八十年初，在金門酒廠服務後才稍穩定，孩子也漸漸成人，又因緣際會，認識了董朝來，觀看其收集的奇形怪石，經過他的細心講解，才開始慢慢撿石。

董群省二十歲時，繼承了父親捕魚工作，一直到了金門酒廠服務才停止，他有二十三年的討海經驗，熟悉海象，對未來撿石有莫大的助益。他說：「海邊撿石一定要懂得潮汐，才不至於白跑一趟。金門的風向出現西南季風，在退潮時方可安心去找石頭，通常在古崗、大地、峰上、漁村等海邊的石頭最多、較好。」然，漲潮時是撿石頭最好時機，而，風浪大小卻至關重要，它會把大小石頭沖上岸邊，那又如何判斷呢？他認為，如果把風浪分為十等分來計算，三分的風浪是最好的時機；因為在三分風浪時，就能看清石頭外形的圖案，四分風浪就不容易看清楚了；一旦退潮時石頭自然也被帶走了，能撿到好石頭的機率就減少。而，金門各地海邊的漲潮、退潮的時間又不盡相同，此時，這必須靠董群省以前打漁時累積出來的經驗了。

如同馬克·吐溫早年曾做過水手，他最常使用的筆名 Twain，這個筆名是源自於他水手生涯，意思是「兩個標記」，亦即水深兩潯，水流平穩（一潯約一·八米），這是輪船安全航行的黑話術語。他因懂得密西西比河的水性，寫出名著《湯姆歷險記》、《頑童流浪記》和《密西西比河上的生活》。

董群省根據他的撿石經驗，認為到了颱風十級以上，因沿路會有樹木折斷，行車時路上會有危險，故不宜前往撿拾，只有等到風力降到十級風以下，才可安心出門。但是，董群省又告訴我，說：「颱風時，也是最好撿石之時機，颱風已達八級風，他在家裡種田，聽到海、沙石滾動轟隆隆聲，離家才五百公尺的海邊，石頭會產生『咕嚕嚕唰唰』如土石流般的響聲；此時，幾位撿石的好友就如蜂蝶之撲花，帶著工具湧向洶湧拍打的海岸飛奔而去。」又說：「撿石要觀看石頭的硬度，『一點紅』那邊的石灘地石頭太軟，硬度只到三度，保存不易，撿石的硬度一定要超過六度，方適宜保存。」

瞭解欣賞雅石有石質、石形、石色、石紋、石聲、石之重量、神韻、命名、配座等美學。石之質地、形狀、顏色、紋路皆易懂；石之聲是指石頭硬度很高，彈它時如彈木頭、彈白銀，要彈出白銀一樣的回音，它的聲音是從高音到低音到無聲，沒有高低起伏聲，而，董群省最喜歡聽彈的聲音。再來，看起來大小同樣的石頭，其實重量不盡然；密度越高，重量越重，表示它的質地很細緻、無毛細孔，看起來就很亮麗，如果用顯微鏡照，更可看出有沒有毛細孔？所以浯洲石不刨光、不打亮，加了工，就掩藏住缺失，不值錢了。而，每個方石皆千錘百鍊，自有其神韻，是一種景象、一種情感，早在言語形容之前，石頭自己在腦海中就產生了一種波浪。和拾者相遇，兩心相印、相互契合。如作家構筆之前，心靈就知道一篇詩、文在心中遊走，在腦中破碎和翻滾時，他自會創造出適合它的文字，即意在筆前、衝浪的筆在滑行，石頭亦復如此，自有億萬年和大海衝浪，產生出石的韻味。我不禁讚嘆董群省的功力，他謙虛的說只有三十餘年。

三十餘年來，他愛石成癡，一談到石頭，他就開懷的笑，一想到好石頭還沒撿回來，就擔心得睡不著覺。他收集一千多塊雅石，家裡實在擺不下，在家附近的風水池塘，沿著牆上放雅石，把它改造成石頭公園，供大家欣賞。一覽他府上的石園，遠遠就看到主題花崗石昂立於園中，其上書：「草埔」兩字，行書力透紙背，紅字耀眼；再問之下，才知這是孔子七十六代孫孔令義從大陸寄送過來的字體。我再次請教為什麼浯州石不刨光又不上亮光？董群省認為浯州雅石最難得的是畫面石和象形石，這些自然形成的花崗石從山裡流到海裡，它是經過億萬年的淬鍊，一個灰石頭會凸出白石線條來，其造形就漂亮的浮出來，想像成了貓、虎、樹……，半立體成形了，真是上帝所賜。所以內行人一看便知道，如果上了光就是動了手腳，破壞它原始的風貌，當然就不值得、無所值了。這也是董群省現在不做「石畫」的原因，他已不在雅石上面繪畫、雕琢，因為石畫感覺較人工，而，董群省追求的是自然之美。董群省現在最喜歡撿的石頭就是在黑、灰色中，看出突出的白色線條來，他很好奇，為什麼白色的石頭裡，不會突出黑色的線條？

玫瑰石是花蓮木瓜溪、三棧溪、立霧溪沖刷而下的石頭，是山中之石。金門海邊所撿的石頭是海潮、潮汐沖刷出來的海石。

以上所言，董群省府上庭園之石悉數全無。它就是撿來呈現的石頭，不經由人工雕琢之石，頂多稍微上色、或是原形繪畫雕琢一下，就算大媽盛裝出門了。他收集的石頭多像黝黑的他本人，天然生成純樸，人如其石，一點也不假。

從古至今，玩石之人比比皆是，愛石成癡成癲者大有人在；如北宋米芾為著名的書畫家、收藏家，就是一個最好明證，米芾字元章，在安徽為官時，聽說濡須河邊有一塊奇形怪石，不知它從何處而來？當時人們出於迷信，以為神仙之石，不敢妄加擅動，怕招來不測，而米芾即刻派人將其搬進衙庭，然，大石搬運到來後，他極奇驚訝！便擺好供桌，上好供品，向怪石下拜，唸唸有詞，說：「我想見您石兄已二十年了，相見恨晚！」米元章在官場上並不十分得意，其「不能與世俯仰，故從仕數困。」因其衣著行為以及迷戀書畫、珍石的態度皆被當世視為癲狂，故有「米癲」之稱，「元章拜石」是癲狂嗎？

人皆有愛美天性，玩石是美的薰陶，世人喜愛雅石，皆因雅石能怡情養性，即使是農夫、捕魚者皆然。其實，我所認識的董群省和米元章喜石都是個人特質吧！就像有人樂於此而薄於彼，米元章的行為較癡心狂妄罷了！而董群省亦復如是。

我們觀看浯洲嶼雅石，發現它質地精密，色樸拙，而其紋樣，圖案結構完整，紋路細膩明朗，且圖案渾然天成，為半立體形狀，諸如人物，飛禽走獸，奇花異草及山水景觀等紋樣構圖。雖然，董群省在自家住宅所收集一顆顆看來不起眼的石頭，卻在他精心的點化、創作下，可以「變」成瀑布、飛泉、菩薩、飛鷹、人物、孫悟空、蛟龍戲水等，真是不可思議。故，曾有一位台灣學者要跟他買一塊雅石，出價新台幣三十萬元，他捨不得賣，推遲說此石無價，可見愛石之人，並非見錢眼開，收集雅石之目的是為了與有緣之人共同觀賞。

除了氣性，雅石跟環境頗相關聯，浯洲石並非生長於花蓮，需要去切割，故它切割無意；就像董群省因生長在戰地的金門，必須面對當時戰爭的氛圍這就是他的命，如此，受到時、空環境變化的影響，他只能面對它，其生出樸拙，自然地看外部就是美。

世間百態賅於一石，江山萬種現於一石。而，觀石可修身養性，摸石可靜心內省，每一塊石頭都是靜心石，向我們開顯。

# 後記／寫書是修行

## 金門教我的事

我用一本書來磨文筆，用寫書來修行。

奇幻作家烏蘇拉・勒瑰恩出了《小說工作坊：十種技巧掌握敘事》，她提出韻律（rhythm）一說，認為寫作的「聲響與韻律」最重要，而韻律，在維吉尼亞・吳爾夫的語言是節奏，她說節奏是一種景象、一種情感，早在用言語來適應它之前，就在腦海中，產生了這種波浪；當它在頭腦中破碎和翻滾時，它會創造出適合它的文字，The Wave 比言語更深刻。勒瑰恩佩服吳爾夫，出的另一寫作書就叫 *The Wave in the Mind*，心靈猶如在海中翻起陣陣波浪。

我贊成此韻律說法，文章信手捻來自有行氣。此外，寫出飽滿的文字，和有時要跳脫也很重要。這本散文集的大功臣是古寧頭北山的李增松先生，提供了他神奇家族的資料，是他和他的母親，開啟我思想的另一扇窗，他們的人生多麼瀟灑，無所住於心，令人佩服。增松先生補足了我不懂的戰爭史、民間信仰，而他對易經、佛經和法會科儀有所涉獵，對我甚有助益。李增松接受我採訪使我完成他家族、家鄉的四篇文，繼而協助拍照及校對全文八萬字，我將此書視同兩人共同創作。驀然回首，匆匆四個月的來時路，不禁感嘆，天地有大美而不言、人間有大愛而不語，它兀自美麗著，關乎人能否感受到美，關乎個人內心，我不禁感嘆人性原初之美善。

七十四年來，兩岸分治太久，台灣人對中國的文化、大陸場景逐漸模糊；我擔心對其親切感逐漸消退，在這寂靜的海灘上，我擔心自己島嶼化日趨嚴重。

輯一「那一夜的潮汐」，前三篇是浯島文學獎得獎作品，它們單篇成形，每篇都是我用心書寫出來，五位推薦人皆曰：〈黌的啟示錄〉、〈黑暗星球〉、〈一條細繩，如何拴住一座島〉——寫羅寶田神父，尚有可觀。接其後的〈尋找大冠鷲〉、〈歐厝戰車猜想〉、〈慈湖風情〉皆是我喜歡的抒情小品文，只七、八百字，稍稍紓解前三文，篇幅冗長的「油膩」。

真正的震撼教育是寫輯二「七十年前的軍魂」。

去太武山公墓，太武矗立如巨龍盤於身後，墓塚百畦，像獻祭於戰神腳趾下，燃燒後終歸塵土，唯脂油餘香飄起，飄過神明敏銳的鼻翼。

去金門，輾轉認識了金門「戰役陣亡將士安奉協會」的楊松發理事長，協會的撿骨行動，為我打開另一扇窗。金門是地雷的戰場，地雷，清之不易；原來，亡靈孤魂，更是人們心靈的雷區。為亡靈發聲、行水陸法會，盼早日轉世了結。我訪問了募款火孀、李增松，可哀可嘆之事撞擊了我，我的另一個學習之旅開始。

輯二「七十年前的軍魂」，從台北出發，〈金門慢，台北筷〉開展出〈北山有座古洋樓〉、〈尋找心中一點紅〉的戰爭文學，篇篇皆有主角，此篇主角和另一篇主角，環環相扣，火孀有兩篇，〈揹著忠烈祠的火孀〉寫不准她擴建忠烈祠，如此，整整拖了二十二年的艱辛過程；〈石蚵火孀和她的錦婆〉寫火孀和她的婆婆她們兩代的人生，顯現從僑鄉而日據再硝煙下，金門女性的艱辛、悲慘。火孀又和〈李光前〉扣合，〈從傳令兵到詩人——辛鬱〉和〈奔走在電波中：通信兵在台灣〉戰場皆在古寧頭；〈衛生兵〉和〈忠烈長出的翅膀〉的表伯，皆在八二三砲戰；此種實驗導致推薦人許水富老師說：「這彷彿是腳本鏡頭，劇情運鏡的告白，自然而機智」，他們讀懂我描繪島嶼姿態的企圖，看出我寫島嶼人、地、物的表情。

文中的莊永才、陳經理、火嬸，皆以善為本、以愛為終。金門戰時百姓自有生命韌性，高階與平民，心身皆有百轉千迴。

## 中老年寫作

推薦人張國治老師言：「我想夏婉雲的腦中早已架構了豐富文史哲思考及相對應知識脈絡，勤於筆耕的她近些年囊括諸多文學獎項，我思忖她此種年齡仍著迷寫作的原因，是她好奇、熱情、勤於學習的態度，以及內心始終對世界有美好的嚮往和溫暖特質使然。」

評論家周玉山老師言他認識的老年人皆在寫作、寫回憶，因看透了因果，寫作的人物就立體，且懂得了生命，文字就自在。

余寫作四十多年，自認正是寫作的黃金時代，我用藝術技藝追尋島嶼、家族、歷史和自己。

記得十六歲住校時，每每看完教官放的紀錄片、電影，走回宿舍，我聽到同學說今天的片子真難看，看得都要睡著了。而我，是看到熱淚盈眶，沸騰不止，我當時就知曉，我與人的不同。彼時，我離開人群，往反方向，獨自走到茵夢湖，消化我對歷史的哀傷。

我甚喜文史哲，當年同時準備中文系和歷史系插班，考試科目皆不同，但都僥倖考上，我選擇中文系；後來熱愛寫作卻也能以歷史為投影，用文筆書寫喜怒哀樂的大小歷史。

## 認識金門　認識自己

推薦人吳鈞堯作家說：「她的文章有個魅力，可以從容間讓讀者快速進入氛圍，這歸因文學現場的營造，有她獨到的溫情跟離情……有赤子之心和學者問道的篤行毅力。」鈞堯看出了我的赤子之心，有好奇之眼和耳；村子生養特多，各家有各家特色，軍眷媽媽們也有個性，這使我從小就觀察敏銳，以後的學思背景，也造就我在不疑處有疑。

記錄戰爭、軍魂，自然就寫到「離散」，「離散」這個概念即從「故鄉」遷移他方，我寫到村子，各個不同的軍人、軍眷的容貌。我未出生時，爸媽為何遷徙、如何遷移、遷移後孩子會如何？背景是烽火連天，是離或留，藉由小人物的命運，一窺時代的大風貌；這些異鄉的蓬草，哀聲動人，形成輯三「記憶的總合」。軍人爸背後的概念是民國三十八年的大遷徙，軍眷媽隨著離鄉背井。

因父親寫出〈氣味〉，由味覺延伸到親情，老兵來台、村民滄桑及至辭世。軍人爸的〈記憶的總合：刀疤們的故事〉敘老兵和台妹的結合，如果我收集刀疤們的故事，是不是我心中就有個牌位，供奉他們？

書寫媽媽的〈夢夢相疊〉血緣互動的祖、母、女三代連心，夢夢相疊、人影交錯，這種侵入是血親的奇緣。書寫媽媽的〈媽在金門、姊在衡陽〉敘寫貧富懸殊，五十載的悲歡離合，那年代的她們，如蓬草，生長在動亂時局裡流離。書寫媽媽的〈尋找金門地圖〉一再搬家的苦惱、對家的感情；〈霧樣童年〉對童年的依戀。

輯四「行到水窮處」，推薦人陳長慶老師言：「婉雲老師也看出金門有許多大時代的故事，站在命運和信仰的路口，她寫出時運交織的情節；訴說金門人遭遇戰爭的悲痛，承受以軍領政、戰地政務時期的無奈。」

其中〈蔡厝古道——致明朝．童生蔡復一〉寫法形式新力，以明朝的童生蔡復一自述家鄉，凝視自己住的太武山北麓——蔡厝古道，彼時獨眼、跛腳、駝背的蔡復一才九歲，後來十九歲考上進士。

〈忠烈長出的翅膀〉是「表伯」、「墓裡供品」、「白腹鷗」三寫，寫我帶表伯重返太武山碉堡，太武山是燔祭大台，把墓裡供品燒成灰燼，脂油馨香，取悅了正神。白腹鶥飛於高空，牠是有翅膀的聖神，顯示天主的旨意。〈從傳令兵到詩人——辛鬱〉寫二十出頭的辛鬱、洛夫如哲學家海德格一般，在坑道中「從死看生」。

〈抬著戰爭的衛生兵〉寫八二三的衛生兵回到台灣融不入社會，老年時沮喪、悲憤的活著。

報導文學家楊樹清言：「霧島的天空，出現一朵婉雲，婉雲來到霧島，祥雲彩霧。有情如斯，寫出了文學金門。」

## 銘謝

感謝博士論文指導教授楊老師昌年，以九二高齡尚能為不才學子提筆賜序。見學生年年出一本新書，歡欣之情，溢於言表。以〈坐看雲起時〉嘉勉學生勤持不懈，並評介七篇拙文鼓勵之；業師從「耋耄至期頤」，尚能弦歌不輟，實為身教。

感謝五位金門出身的推薦人，他們在金門皆屬才識兼備名家，傾力閱讀拙文、戮力寫評。

細數打擾過的金門人，其熱情至今銘感五內。感謝我採訪的金門貴人有：楊天厚、林麗寬伉儷，蔡是民、陳秀竹伉儷，翁炳賜、李國平、蔡清楚、黃世團、陳成基、楊松發、釋清安、翁國鈞、董彬森；寫作中一直有李增松、郭辰瑛伉儷、陳志成、莊寬裕相伴相倚，乃修得之福氣。

其中協助安排，給予支援的貴人：牧羊女、胡敏越、陳慶翰、梁力求、姚新華，王建華、王宏男父子、王婷、張麗霜。以上每位貴人在各篇章文章中皆能看到自己的身影。

感謝金門縣文化局獎助個人徵選出版此書，感謝秀威資訊出版社孟人玉、吳霽恆編輯戮力相助。

如果，沒有各位的輔助、淬礪，一個台北客，焉能在台金兩地奔跑採訪，寫出自己喜愛的篇章？

語言文學類　PG2988　秀文學57

# 黨的啟示錄

作　　者／夏婉雲
文字校對／李增松
責任編輯／孟人玉、吳霽恆
圖文排版／黃莉珊
封面插畫／吳怡欣 yihsin wu
封面設計／魏振庭

獎助出版／金門縣文化局
地　　址／金門縣金城鎮環島北路一段66號
電　　話／082-323169
網　　址／http://cabkc.kinmen.gov.tw/

發 行 人／宋政坤
法律顧問／毛國樑　律師
出版發行／秀威資訊科技股份有限公司
114台北市內湖區瑞光路76巷65號1樓
電話：+886-2-2796-3638　傳真：+886-2-2796-1377
http://www.showwe.com.tw
劃撥帳號／19563868　戶名：秀威資訊科技股份有限公司
讀者服務信箱：service@showwe.com.tw
展售門市／國家書店（松江門市）
104台北市中山區松江路209號1樓
電話：+886-2-2518-0207　傳真：+886-2-2518-0778
網路訂購／秀威網路書店：https://store.showwe.tw
國家網路書店：https://www.govbooks.com.tw

2023年11月　BOD一版
定價：380元


讀者回函卡

國家圖書館出版品預行編目

黴的啟示錄 / 夏婉雲著. -- 一版. -- 臺北市 :
秀威資訊科技股份有限公司, 2023.11
面 ;　公分. -- (語言文學類 ; PG2988)
(秀文學 ; 57)
BOD版
ISBN 978-626-7346-39-6(平裝)

863.55　　112017044